KB039924

우리는 누군가의 사랑받는 아이였다

아파도 아프다고 말하지 못하는 당신에게

우리는 누군가의 사랑받는 아이였다

고유 지음

클랩북스

사랑받고 사랑했던 순간을
잠시 잊은 당신에게

운전을 하다가 터널에 들어서면 갑자기 사방이 어두워진다. 짙은 어둠 속에 보이는 건 저 멀리 환히 빛나는 출구뿐이다. 어서 빨리 이 답답한 터널을 탈출하고 싶어서 출구 쪽으로 속도를 내본다. 터널 속에 무엇이 있는지에 대해선 그다지 관심을 두지 않는다.

어린 시절의 나는 길고 긴 터널 속에 갇힌 기분이었다. 학교 창밖을 내다보며 '언제쯤 이 터널 밖으로 빠져나갈 수 있을까' 날짜를 세어보던 기억이 난다.

그때의 나는 누구에게도 사랑받지 못하는 것 같아서 마음이 늘 허기져 있었다. 마치 빛 하나 없는 터널 속에 서 있는 것처럼 춥고 어둡고 답답했다.

처음엔 누군가 그 터널 속으로 들어와 나를 구해주기만을 기다렸다. 하지만 아무도 오지 않았다. 그래서 스스로 출구를 향해 달리기 시작했다.

문제의 원인으로부터 가능한 멀리 도망치고 싶었다. 물리적으로든 심리적으로든 충분한 거리를 두려고 했다. 이 터널 밖으로 나가면 남들처럼 밝은 세상에서 살 수 있을 것 같았다.

오랜 세월이 흘러 터널 밖으로 완전히 빠져나온 것 같았을 때, 비로소 뒤를 돌아보았다. 그때는 내가 지나온 삶이 어떤 삶이었는지 돌아볼 마음의 여유가 생겨 있었다. 불행했던 과거를 담담히 돌아보며 행복한 현재를 산다는 데 안도하고 싶었다. 그런데 자꾸만 석연치 않은 기분이 들었다. 무언가 내가 놓치고 있는 게 있을 것 같았다.

무엇보다 터널 속에서 가끔씩이지만 밝은 빛을 본 것만 같았다.

그날부터 나는 과거의 기억을 하나하나 다시 떠올리기 시작했다. 고통스러운 기억들 사이사이에 있었던 따뜻한 기억들이 차례로 생각났다. 부모님, 형제들, 친척들, 친구들, 하다못해 잠시 스쳐간 인연들과 함께했던 행복한 순간들이 잃어버린 퍼즐 조각처럼 기억의 빈 공간에 맞아들어갔다. 그렇게 완성된 과거는 내가 생각했던 것처럼 마냥 어둡지만은 않았다.

좋았던 기억을 잊고 살았던 건 터널의 출구 쪽에만 시선을 고정한 채 달렸기 때문이었다. 한창 달리고 있을 때는 내 상처가 세상에서 제일 커 보였다. 나를 불쌍해하고 세상을 원망하느라 주위에서 무슨 일이 일어나고 있는지 살필 여유가 없었다.

그런데 내게도 행복하다고 느낀 순간들이 있었다. 누군가를 사랑하고 사랑받았던 순간이었다.

그 누군가는 나름의 방식대로 거칠고 서툴게 자신의 사랑을 전했다. 다만 그 방식이 내 방식과 달랐던 탓에 내가 사랑인 줄 모르고 무심히 지나쳤을 뿐이었다.

나의 터널은 조금씩 밝아졌다. 어두운 터널에 색색의 등이 켜졌다. 그렇게 과거의 기억을 하나씩 재해석하다가 깨달았다. 줄곧 사랑받지 못했다고 여겼지만 실은,

'나도 누군가의 사랑받는 아이였다.'

이 말을 되뇌는 순간 마법처럼 터널이 사라졌다.

아니, 터널은 처음부터 존재하지 않았다. 내가 거기 터널이 있다고 믿었을 뿐이었다.

나는 사랑받는 아이였다. 이 문장을 반복해서 말하는 동안 나도 나를 사랑하고 싶어졌다. 다만 어떻게 나를 사랑하는지 알지 못해서 너를 사랑하듯이 나를 사랑하기로 했다.

남편과 아이를 사랑하듯이 나를 돌보고 사랑하는 법을 연습해 나갔다. 매일 나에게 더 다정해지려고 애썼다. 그렇게 조금씩 나를 사랑하게 되었다.

이 책은 내가 허상의 터널에서 빠져나오기까지의 이야기를 담고 있다. 내가 왜 터널 속에 살고 있다고 느꼈는지, 어떻게 터널 속에서 도망쳤는지, 언제 터널이 처음부터 없었다는 걸 알았는지, 이후에 어떻게 살아가게 되었는지 친구에게 이야기하듯 편안하게 써 내려갔다.

책을 기획하는 첫 단계부터 봄에 책을 내자는 이야기를 했었는데, 약속대로 봄에 책이 나오게 되었다. 지난 겨울,

나는 매일 퇴근 후에도 책상 앞에 앉았었다. 하얀 화면을 마주하고 막막한 기분이 들 때마다 누군지 모를 당신의 얼굴을 상상하며 힘을 냈다.

글을 다 쓰고 보니 어느덧 따스한 봄이 와 있었다. 이제 남은 건 꽃을 피워내는 일일 것이다. 이 책을 쓰는 동안 내 마음엔 꽃이 피었다. 책을 읽는 당신의 마음에도 아름다운 꽃이 피어나기를 바란다.

아무런 이력도 없는 초보 작가를 믿고 기꺼이 출판을 결정해준 클랩북스와 두 에디터님에게 감사드린다.

매 순간 살아 있어 다행이라고 느끼게 해준 내 소중한 이들에게도 고맙다는 말을 전하고 싶다.

누구보다도 남편과 아이에게 꼭 해주고 싶은 말이 있다. 나를 사랑하는 법을 알려준 두 사람 덕분에 이 책을 완성할 수 있었다. 두 사람은 내 인생의 가장 귀한 선물이다.

2024년 봄
고유

차례

1장

나를 창피해하지 않기로 합니다

2장

나를 좋아하기로 합니다

3장

나와 타인에게 좀 더
다정한 사람이 되기로 합니다

나를 가장 사랑하기로 했습니다

그날 교실의 공기는 여느 때와 달랐다. 반 친구들은 단정한 자세로 앉아 착한 얼굴을 하고 있었고, 선생님은 입꼬리를 올린 채 연신 어색하게 웃었다. 우리 모두 교실 뒤에 계신 부모님들이 몹시 신경 쓰였지만 애써 태연한 척했다.

"자, 오늘은 각자 써온 글을 한 번 읽어볼게요. 누가 해볼까요."

우리는 미리 연습한 대로 자연스럽게 손을 들었다. 오늘만은 모두가 모범생이 되기로 선생님과 약속했으니까. 나도 손을 높이 들었다. '설마 날 시키겠어?' 하는 마음이었다. 그래서 선생님이 나를 지목했을 때 그만 머리가 하얘지고 말았다. 주춤주춤 자리에서 일어났다. 입술이 바짝 말랐다. 간절한 눈빛으로 선생님을 바라봤지만, 아무것도 모르는 선생님은 인자한 표정으로 내 발표를 기다릴 뿐이었다. 이제 피할 수 없었다. 떨리는 목소리로 글을 읽어나갔다.

"제목. 내가 제일 싫어하는 것. 내가 제일 싫어하는 것은 나 자신이다…"

넓은 교실이 한순간 조용해졌다. 작은 숨소리도 들리지 않았다. 그날 나는 사람들 앞에서 내가 나를 싫어하는 이유를 줄줄이 읊어나갔다. 이제는 그 글이 어떤 내용이었는지, 그날 발표가 어떤 분위기로 끝났는지 하나도 기억나지 않는다. 그저 기억나는 건 우주의 먼지가 되어 사라지고 싶었다는 것뿐이다.

어쩌자고 나는 작문 과제로 그런 글을 쓴 걸까. 남들처럼 평범하게 시험이 무섭다든가 겨울이 지겹다든가 하는 내용을 적었으면 좋았을걸. 아니면 아이답게 가지나 브로콜리가 싫다는 이야기나 적었다면 모두가 웃고 넘겼을 텐데 말이다. 하지만 어쨌든 그 글은 진심이었고, 예나 지금이나 나는 글을 쓸 때 지나치게 솔직한 편이다.

성경에는 '네 이웃을 네 자신과 같이 사랑하라'는 구절이 나온다. 늘 이해가 안 되었다. 도대체 누가 자신을 사랑한다는 걸까.

나처럼 스스로가 모자라고 서툴고 부족해 보이는 사람에겐 차라리 남을 사랑하는 일이 더 쉬워 보인다. 그런데 세상엔 나 같은 사람이 많은 것 같았다. 서점에 있는 책들이 모두 '나를 사랑하자'고 외치는 걸 보면 말이다. 하지만 거기 적힌 대로 '나를 있는 그대로 사랑'하는 일은 내게 멀고 어렵게만 느껴졌다. 오랜 세월 익숙해진 열등감, 소외감, 자기 비난과 어떻게 하루아침에 작별할 수 있을까.

그래도 '나를 사랑해야 행복해진다'고 하니 나도 나를 사랑하고 싶었다. 다만 방법을 몰라서 내 식대로 나를 사랑했다. 속상한 일이 있을 땐 속이 쓰리게 매운 음식을 먹으며 기분을 풀었다. 매일 퇴근하면 좋아하는 드라마를 몇 번이고 다시 보며 공허한 마음을 달랬다. 딴 사람이 된 것 같은 기분이 좋아서 쇼핑에만 몇 달치 월급을 쏟아부었다. 그

래도 채워지지 않는 마음의 허기는 이 사람 저 사람을 만나
며 풀었다.

만족감은 그리 오래 가지 않았다. 시간이 지나면 텅 빈
지갑과 불어난 몸을 보며 내가 더 미워졌다. 악순환이었다.

오랜 시간이 흐르고서야 내가 나를 사랑한다고 했던 모
든 행동이 '진짜 사랑'이 아니었다는 걸 알았다. 진짜 사랑
을 배운 건 연애를 하면서였다.

처음 누군가를 사랑하면 온종일 그 사람에 대해 생각하
게 된다. 좋아하는 것과 싫어하는 것은 무엇인지, 성격은
어떤지, 무슨 일을 하는지, 취미는 무엇인지, 어떻게 살아
왔는지, 그의 모든 것이 궁금해진다. 분위기 좋은 곳에 가
면 꼭 그와 다시 오고 싶다고 생각한다. 그가 힘든 일이 생
겼다고 하면 제일 먼저 달려가서 위로해주고 싶고, 좋은 일
이 있다고 하면 덩달아 마음이 설렌다. 함께 있는 시간이
점점 늘어나면서 그의 일이 내 일처럼 느껴지기 시작한다.
그가 항상 건강했으면 하는 바람으로 매일 안부를 묻는다.
더 이상 완벽해 보이지 않아도 장점과 단점을 모두 포함한
그를 사랑한다. 그가 늘 편안하길 바라지만 한편으론 안주
하지 않고 제 꿈에 도전하길 응원한다.

나를 사랑하는 법을 배우지 못한 우리는 이대로만 하면 된다. '나를 사랑하듯 남을 사랑'할 일이 아니라 '남을 사랑하듯 나를 사랑'하면 된다.

모든 연애는 전혀 다른 세상에서 살아온 두 사람이 세상에서 가장 가까운 관계가 되어가는 과정이다. 이 관계 맺기에는 충분한 시간과 노력을 들여야 한다. 나를 사랑하는 일도 마찬가지다. 나와 세상에서 가장 가까운 관계가 되려면 나를 잘 아는 데서 시작해야 한다. 나의 특별함을 이해하고 그 특별함을 존중하는 방식으로 나를 보살펴야 한다.

나만큼 나를 잘 아는 사람이 어디 있냐고 되물을지도 모르겠다. 글쎄, 생각보다 나에 대해 잘 모르는 사람이 많다. 내가 무엇을 좋아하는지, 무엇을 하고 싶은지, 어떻게 살고 싶은지, 우리는 그 답을 몰라 평생을 헤맨다.

나를 잘 알면 이 모든 질문에 답할 수 있는 것은 물론이고 나를 위한 가장 좋은 선택을 내릴 수 있다. 그 좋은 선택들이 모인 게 나다운 삶이다.

나는 나와 연애를 시작했다. 일단 내 마음이 가는 대로 좋아하는 것들을 찾아다녔다. 좋아하는 식당, 좋아하는 책,

좋아하는 영화, 좋아하는 길 같은 나만의 취향을 차례차례 만들었다. 일부러 시간을 내어 나와 데이트를 했다. 회사 사람들에겐 "(나와) 약속이 있어서요"라고 말하고 점심시간에 잠깐 가고 싶은 곳에 다녀왔다. 주로 책방에 파묻힐 때가 많았지만 남들은 모르는 나와의 시간이 있다는 게 뿌듯했다.

가끔은 휴가를 내고 먼 곳에 다녀오기도 했다. 그게 익숙해지자 직장을 그만두고 몇 달간 혼자 해외여행을 떠났다. 낯선 나라에서 그 어떤 꼬리표도 없이 오롯이 나라는 사람으로 존재해보니 내가 어떤 사람인지 더 투명하게 보였다.

점점 더 내가 궁금해졌다. 개인 상담, 집단 상담, 코칭을 받으며 내가 어떻게 살아왔는지를 이해했다. 과거의 내가 현재의 나를 만들었다는 걸 이해하고 나니, 어제에 매여 있는 대신 오늘을 살고 싶어졌다. 어른이 되었지만 가끔씩 아이로 돌아가 여전히 두려워하는 나를 괜찮다고 다독이며 한 발씩 나아갔다.

상담심리대학원에 들어가 늘 배우고 싶었던 심리학도 배웠다. 틈틈이 좋아하는 운동을 찾아 하는 게 삶의 낙이 되었다. 때때로 몸과 마음이 지쳐 있으면 제대로 된 결정을 내릴 수 있을 때까지 충분히 쉬었다. 그렇게 나를 이해하고 돌보려 애쓰는 동안 조금씩 내가 좋아졌다. 남몰래 자살에 대해 검색해보던 나는 그렇게 시나브로 나를 사랑하게 되었다.

이제 칠순인 엄마는 전화를 끊기 전에 언제나 내게 다짐을 받아내듯 말한다.

"세상에서 가장 소중한 사람이 너야. 네가 있고 남편과 아이가 있는 거야."

'나를 가장 사랑하라'는 엄마의 말을 감사히 가슴에 품는다.

하지만 내게 있어 나를 세상에서 가장 사랑하라는 말은 '우선순위 정하기'보단 '차례 지키기'에 가깝다. 비행기를 타면 이륙 전에 언제나 안내 방송이 나온다. 비상시에는 반드시 내가 먼저 산소마스크를 착용하고 노약자의 착용을 도와주라는 것이다. 아이와 함께 비행기를 타면서부터 그 안내방송이 신경 쓰이기 시작했다. 나라면 반사적으로 아이부터 산소마스크를 씌워줄 것 같았다. 하지만 만약 내가 산소마스크를 착용하지 않고 정신을 잃는다면 나도 아이도 위험해질 것이다.

관계도 마찬가지다. 나를 먼저 사랑할 줄 알아야 너를 사랑할 여유가 생긴다.

내 안에 있지도 않은 사랑을 너에게 줄 수는 없었다. 만약 내 사랑을 준다 해도 그 사랑은 우리 두 사람을 모두 피어나게 할 만큼 충분치 않았다. 그러니 나를 사랑하는 마음이 차고 넘쳐 너에게로 흘러가게 하고 싶었다.

내가 사랑하는 네가 다치지 않고 내 곁에 오래오래 피어있을 수 있도록.

그러다 언젠가 우리를 가득 채운 사랑이 더 큰 세상으로 흘러갈지도 모를 일이다. 하여 세상이 예전보다 조금은 더 따뜻해질지도 모를 일이다.

그래서 나는, 나를 세상에서 가장 사랑하기로 결심했다.

1장

나를
창피해하지
않기로
합니다

당신의 생애 첫 기억은 무엇입니까?

　• 흙먼지가 날리는 누런 시골길 위로 할아버지의 낡은 자전거가 달린다. 흰머리가 듬성듬성한 할아버지는 도망치듯 페달을 밟는다. 뒷자리엔 흰 원피스를 입고 짧은 머리칼을 나풀거리는 여자아이가 앉아 있다. 서너 살 정도 된 여자아이는 나다. 저 멀리 엄마가 까만 점이 되어 사라져 간다. 엄마는 한 번도 나를 돌아보지 않는다. 나는 서럽게 운다. 어제도 그제도 헤어진 엄마지만 오늘은 영영 돌아오지 않을 것 같다.

이건 내가 가지고 있는 가장 오래된 기억이다. 내가 어릴 때 엄마는 아침마다 나를 친가에 맡겼다가 밤이면 집으로 데려가곤 했는데, 나는 그걸 엄마에게 버림받은 순간처럼 기억하고 있다. 엄마가 다신 돌아오지 않을 것 같다는 두려움. 가족 중 나만 버려졌다는 소외감. 어른이 되어서도 그 부정적인 감정들은 쉽게 잊히지 않았다.

심리학자 알프레드 아들러는 '생애 첫 기억'의 중요성을 강조하며 "우연한 기억이란 없다"고 말했다. 개인은 헤아릴 수 없이 많은 경험 중 자신의 상황과 관련이 있다고 느끼는 경험만 '선택적으로' 기억한다는 것이다.

생애 첫 기억은 내가 나를 어떤 사람으로 보는지와 관련이 있다. 다시 말해 생애 첫 기억 때문에 내가 나를 이렇게 보게 된 것이 아니라, 내가 나를 이렇게 보기 때문에 그 기억을 생애 첫 기억으로 골랐다는 것이다. 그래서 생애 첫 기억은 만들어진 기억인 경우일 때가 많다고 한다. 주변에서 들은 일화나 사진 같은 기억의 파편들을 조합해 만든 가짜 기억이라는 것이다.

진짜 기억이든 가짜 기억이든 간에 생애 첫 기억에는 큰 의미가 있다. 그 기억은 나의 핵심 감정과 연관이 있기 때문이다.

엄마는 왜 세 아이 중 나만 친가에 맡겼을까. 내가 다른 형제보다 못나서였을까?

진실은 이랬다. 몸이 약했던 엄마는 아이 셋을 한 번에 키우기가 힘들었다. 친가에선 한 아이만 맡아주기로 하고 나를 데려갔다. 제법 자라 엄마 손을 덜 탄 오빠나, 날 때부터 골골댄 동생보단 뭐든지 잘 먹고 건강한 내가 적당해 보였던 것이다. 물론 할아버지와 할머니는 나를 무척 아껴주셨다. 모두가 무서워하던 호랑이 할아버지도 내게는 나긋나긋했다고 한다.

내가 이 모든 사실을 알게 된 건 어이없게도 아이를 낳고 나서였다. 아이를 키우다 보니 그때 엄마가 왜 그랬을까 궁금해져서 처음으로 물어봤다. 구구절절 설명을 듣고 보니 너무 허무해서 웃음만 나왔다. 왜 나는 한 번도 엄마에게 직접 물을 생각을 하지 않았을까. 왜 혼자 상처받고 있었을까.

그러나 진실을 알고 나서도 달라진 건 없었다. 버려짐에 대한 과도한 불안이나, 남과 나를 비교하는 열등감, 무리에서 겉돈다는 소외감은 하루아침에 사라지지 않았다.

모범생 형제들 틈에 자란 나는 늘 열등감이 많았고 내향

적인 성격 탓에 나만 소외되고 버려질지도 모른다는 불안
감이 있었다. 그래서 수많은 기억 중 저 기억을 내 생애 첫
기억으로 떠올린 것이다. 기억이란 반복 재생되는 동안 점
점 강렬하고 선명해지는 법이라, 내 기억도 그렇게 긴 세월
덧칠되고 부풀려졌을 것이다.

'기억은 일종의 약국이나 실험실과 유사하다. 아무렇게
나 내민 손에 때로는 진정제가, 때로는 독약이 잡힌다.'

영화 〈마담 프루스트의 비밀 정원〉은 프랑스 소설가 마
르셀 프루스트의 이 문장으로 시작된다. 나에게는 이 문장
이 '기억을 진정제로 쓸지 독약으로 쓸지는 너의 선택에 달
렸다'는 말로 읽혔다.

주인공 폴의 첫 기억은 '독약'이었다. 그 기억은 '천사
엄마와 악마 아빠'로 요약된다. 아기 폴이 처음 "아빠"라
고 옹알이를 한 순간 엄마는 기뻐했지만, 아빠는 폴을 돌아
보며 무서운 표정을 짓는다. 폴은 이 기억 때문에 모든 가
족사진에서 엄마와 자신만 남기고 아빠를 오려낸다.

두 살 때 부모를 잃고 실어증에 걸린 폴은 두 이모와 함

께 산다. 이모들이 운영하는 동네 댄스 교습소에서 피아노를 치는 그에게 유일한 낙은 매일 사 먹는 달콤한 슈케트(Chouquette, 곁에 설탕이 붙은 속이 빈 빵)다. 그런 폴이 우연히 같은 아파트에 사는 마담 프루스트를 만난다.

마담 프루스트는 집 안에 자신만의 비밀정원을 갖고 있다. 그녀의 비밀정원에서 딴 아스파라거스로 끓인 차와 달콤한 마들렌을 먹고 추억이 담긴 레코드판을 틀면 추억 속 그 순간으로 돌아간다. 폴도 마담 프루스트의 비밀정원에서 몇 번의 꿈을 꾸는 동안 아빠에 대한 오해를 푼다. 폴은 엄마 아빠가 서로를 뜨겁게 사랑했으며 부모님도 자신을 사랑했다는 걸 비로소 알게 된다.

"(부모의) 죽음이 그 애를 못 살게 하는 게 아냐. 쳇바퀴 도는 삶이 문제지. 그 애에게 필요한 건 바로 충격이야. 어른들이 가만 놔두면 그 애는 평생 두 살로 살 걸."

마담 프루스트는 처음 만난 순간부터 폴의 문제를 알아본다. 그가 말문을 닫고 부모에게서 심리적으로 독립하지 못한 건, 사실 과거의 기억 때문이 아니라 현재의 삶 때문이라는 것을 말이다.

폴의 두 이모는 폴을 사랑했지만 어떻게 사랑해야 할지는 몰랐다. 그래서 폴을 아기처럼 보살피며 과잉보호하거나, 피아니스트가 되라고 강요하기만 한다. 폴이 부모에 대해 양극단의 감정을 갖게 된 데도 이모들의 시선이 투영됐다. 폴의 부모는 집안이 반대하는 결혼을 했기 때문이다.

영화의 원제인 '아틸라 마르셀(Attila Marcel)'은 사실 아빠의 이름이다. 폴은 아빠에 대한 오해를 풀면서 다시 가족사진을 이어 붙인다.

마지막 장면에서는 드디어 말문을 튼다. 늘 부정했던 자신의 반쪽을 긍정하는 이 장면은 폴이 진짜 어른이 된 것을 의미한다. 폴과 폴의 아빠를 같은 배우가 연기했다는 건 그래서 더 재미있다.

영화를 보는 내내 내게도 마담 프루스트처럼 커다란 나무 같은 사람이 있었으면 좋겠다고 생각했다. 그녀의 비밀 정원에서 나쁜 기억을 하나하나 좋은 기억으로 바꾸는 상상을 해보기도 했다.

하지만 영화는 영화일 뿐, 과거로 돌아가는 마법 같은 일이 내게 일어날 리 없다. 그리고 과거의 기억을 바꾼다고 해서 현재의 내가 달라지지 않는다는 걸 이제 잘 알고 있다.

대신 나는 마담 프루스트가 폴에게 보낸 마지막 편지를 기억하기로 한다.

"나쁜 추억은 행복의 홍수 아래 가라앉게 해. 네게 바라는 건 그게 다야. 수도꼭지를 트는 건(홍수를 내는 건) 네 몫이야. 네 인생을 살아."

나쁜 기억을 말끔히 잊겠다는 게 아니다. 좋은 기억으로 나쁜 기억을 덮어버리자는 것이다.

언젠가부터 나는 행복한 순간을 핸드폰에 바로바로 적어둔다. 아이의 재롱을 바라보며 남편과 웃음을 터뜨리는 순간, 마음 맞는 친구와 취향을 공유하는 순간, 내가 한 일을 인정받아 으쓱하는 순간, 아름다운 공간에서 영감을 받으며 감탄하는 순간, 홀로 여행하며 나로서 존재하는 순간…. 그 모든 순간 속에 보석처럼 행복이 반짝인다. 그 순간은 짧아서 더 아름답다.

그 찰나의 행복을 기억하려고 오늘도 글을 쓴다. 행복했던 순간을 재생시키는 그 글들은 나만의 비밀정원이다.

나의 비밀정원에는 이제 불행한 기억보다 행복한 기억이 많아졌다. 그렇게 하나하나 나의 이야기를 고쳐 쓰는 동안, 나는 과거에서 조금씩 벗어난다.

여기서 그만 기권하겠습니다

나는 초조하게 손목시계를 힐끗거리며 문제를 풀고 있다. 시험지엔 뜻 모를 암호만 가득하다. 입술이 마르고 손바닥에 땀이 찬다. 눈을 들어 보니 친구들은 편안한 얼굴로 문제를 풀고 있다. 모두가 여유로운 교실에서 나만 불안한 것 같다.

"그만! 뒤에서부터 답안지 걷으세요."

선생님의 차가운 목소리가 정적을 가른다. '백지를 낼 순 없지. 일렬로 줄이라도 세우자' 절망적인 기분으로 정신없이 마킹을 한다. 그리고 땡! 이제 성적은 운에 맡겨야 한다.

살면서 중요한 결정을 앞두고 있을 때마다 이 꿈을 꿨

다. 정해진 시간 안에 정답을 찾아야 한다는 압박감, 혼자만 낙오될지도 모른다는 불안감, 운에라도 기대보고 싶은 절박함…. 복합적인 감정이 뒤얽혀서 이런 꿈을 꿨던 것같다. 대입을 앞두고 있던 열아홉 살, 이직과 결혼을 고민하던 스물아홉 살에는 이 꿈을 더 자주 꿨다.

처음엔 이 꿈이 싫었다. 잠에서 깨고 나면 물먹은 솜처럼 몸이 무거워졌고 온종일 기분이 찜찜했다. 그런데 어느 날부터인가 '나는 왜 이 꿈을 반복해서 꾸는 걸까' 하고 생각하게 되었다.

그때 알았다. 내가 인생의 모든 문제에 수학 문제처럼 '정답'이 있다고 믿었다는 걸. 정답은 하나뿐이니까 그걸 찾으면 행복해지는 거고, 찾지 못하면 뒤처지는 거였다. 마음속으로 이렇게 내 인생 등수를 매기고 있으니 무섭고 초조하고 절망적일 수밖에.

게다가 이런 인생엔 '제한 시간'까지 있었다. 대학은 언제까지 가야 하고, 취업은 언제까지 해야 하며, 결혼은 몇 살쯤엔 해야 한다는 제한 시간 말이다. 누구도 정해놓지 않았지만, 모두가 암묵적으로 지키고 있는 그런 제한 시간이었다.

학교를 졸업해도 달리기 시합은 계속되었다. 이제는 직장과 결혼으로 주제만 바뀌었을 뿐이었다. 내가 이 시합의 패배자가 될 거라는 게 점점 더 분명해졌다.

서른을 세 달 앞두고 직장에 사표를 냈다. 그렇게 시합에서 스스로 기권해버렸다.

회사엔 "쉬면서 진짜 하고 싶은 일을 찾아보겠다"고 호기롭게 외쳤지만 실은 그냥 지쳐서였다. 나보다 잘나가는 친구를 보는 것도, 여기저기 친구 결혼식에 불려 다니며 들러리 서는 것도 싫었다. 그냥 아무도 나를 모르는 나라로 훌쩍 떠나버리고 싶었다.

질 것이 분명한 경기에서 계속 달리느니 기권해버리는 게 나았다. '못한' 게 아니라 '안 한' 거라고 하면 차라리 폼 날 것 같았다. 그래도 아무런 계획 없이 사표를 내려니 불안했다. 사표를 내는 두 손이 덜덜 떨렸다는 걸 직장 상사도 느꼈을까.

그런데 이상했다. 사표를 내고 돌아서는 순간, 마음이 개운해졌다. 마치 깊은 잠을 자고 일어난 것처럼. 그즈음 나는 심한 불면증에 시달리고 있었는데 말이다.

살고 있던 오피스텔 전세를 빼고 네팔행 비행기에 몸을

신는 데 일주일밖에 걸리지 않았다. 경유지 공항 벤치에 지친 몸을 뉘었을 때 기분 좋은 뻐근함이 심장에서 몸통으로, 다시 팔다리로 뻗어나갔다.

나는 이제 자유였다! 그날은 아주 오랜만에 단잠을 잤다.

네팔에서의 생활은 단순했다. 매일 뭘 먹을지, 뭘 볼지, 어디서 잘지만 결정하면 되었다. 별것 없는 삶의 루틴 속에서 조금씩 내 삶의 주인이 나라는 감각을 되찾았다.

이제는 남들과 경쟁하느라 내가 어디로 가는지도 모르고 달리지 않아도 되었다. 내 속도로 천천히 걸어도 되었다. 마음에 드는 곳에선 좀 더 머물고, 내키지 않는 곳은 건너뛰어도 되었다.

오래전부터 도전하고 싶었던 안나푸르나 트레킹에 나섰을 때의 일이다. 트레킹 셋째 날 아침에는 히말라야에서도 해돋이가 아름답기로 소문난 해발 3,210미터의 푼힐 전망대에 올랐다. 새벽 네 시, 숙소를 나설 때만 해도 친구들과 함께였지만 도중에 친구들을 먼저 올려 보냈다. 제대로 된 등산을 해본 적도 없고 허리디스크까지 있던 나는 트레킹 내내 홀로 뒤처졌었다. 눈물, 콧물이 다 흘러내릴 만큼 춥고 힘든 등산길이었다.

몇 번이나 포기하고 싶었지만, 그럴 때마다 마음속으로 나에게 물었다. '어떻게 하고 싶어? 포기할 거야?' 다행히도 매번 '가보고 싶어. 끝까지 가볼 거야'라는 대답이 들려왔다.

이미 해가 떠서 주위가 밝아졌다. 다리엔 아무런 감각이 없었다. 정상에서 내려오는 사람들이 손사래를 치며 "날이 흐려서 아무것도 안 보이니 내려가는 게 좋을 거야" 하고 말해주었다. 그래도 나는 내 마음의 목소리를 따라 계속 산을 올랐다. 마침내 푼힐 전망대에 올랐을 땐 주위가 온통 짙은 안개에 가려져 있었다. 그래도 포기하지 않았던 내가 자랑스럽고 뿌듯했다.

사람들의 말대로 멋진 풍광은 볼 수 없나보다 생각하며 내려갈 채비를 할 때였다. 갑자기 "와아아아!" 하는 환호성이 들렸다. 고개를 드니 한순간 안개가 걷히고 그림처럼 아름다운 안나푸르나의 설경이 펼쳐졌다. 보고 있어도 믿을 수 없는 마법 같은 풍경이었다. 마치 하늘이 나에게 주는 선물 같았다.

해발 5,000미터에 있는 안나푸르나 베이스캠프(ABC)를 목표로 했던 나는 푼힐 전망대에서 발길을 돌렸다. 함께 간 친구들은 모두 ABC로 올라갔다. 예전 같으면 그들과 나를 비교하며 속상해했겠지만 그때는 그러지 않았다. 내 정상은 푼힐 전망대라는 걸 받아들였다.

안나푸르나를 여행하는 많은 여행자가 ABC를 최종 목적지로 삼는다. 그러나 ABC도 결국은 전문 산악인의 베이스캠프일 뿐이다. 여행의 목적지는 사람마다 다르다. 각자의 정상이 있고, 각자의 코스가 있다. '여행에서 남들과 나를 비교하지 않듯이 인생에서도 줄 세우기를 그만두면 어떨까'라는 생각을, 그날 처음으로 해보았다.

나는 오늘도 나의 산을 오르며 살아간다. 그 산은 높지도 낮지도 않은, 나에게 딱 알맞은 높이다. 나는 늘 빠른 길 대신 삐뚤삐뚤 둘러서 난 길을 택하며 살아왔다. 그 편이 더 아슬아슬하고 재미있기 때문이다.

길이 고르지 않으니 넘어질 때가 많다. 그때마다 힘들다고 불평하며 주변 사람들을 괴롭히지만 걸음을 멈추진 않는다.

멀리서 보면 이제 꽤 나답게 산을 오르고 있다고 생각한다. 예전보다 남의 인정을 덜 바라고 나를 더 돌본다. 틈틈이 풍경을 바라보며 감탄하고 감사하는 마음을 품는다. 그렇게 달리기 시합 대신 등산하듯 살아가는 지금의 삶이 나는 퍽 마음에 든다.

아, 더는 수학 시험 보는 꿈을 꾸지 않는다. 인생에 정답이 없다는 걸 안 순간부터 그 꿈을 꾸지 않게 되었다.

정답은 없지만 나만의 답은 찾고 있다. 오직 그 답만이 나를 행복하게 해줄 것이다.

극내향인의 행복

3월이 오는 게 싫었다. 새 학년, 새 반, 새 친구. 모든 새 것이 그저 어색하고 불편했다. 낯선 아이들 틈에 끼여서 안 괜찮은데 괜찮은 척 표정 관리를 하는 건 더 싫었다. 다들 자기와 어울릴만한 친구를 어떻게 알아보는 건지 반 친구들은 금세 친해져서 삼삼오오 무리를 지었다.

먼저 손 내밀 자신도 없었고 선택받는 일도 없었던 나는 외딴 섬처럼 서 있다가 나처럼 어울리지 못하는 다른 아이들과 자의 반 타의 반 무리를 짓곤 했다. 왕따까진 아니었지만 어디서든 환영받는 아이도 아닌, 그런 아이가 나였다.

대신 나는 넘쳐나는 시간을 책과 함께 보냈다. 아이들이 공기놀이, 고무줄놀이, 술래잡기를 하는 동안 책을 붙잡고 있었다. 햇살 좋은 날이면 늦게까지 운동장을 뛰어다니는 아이들의 웃음소리가 들렸다. 그 소리를 듣지 않으려고 책장을 더 빠르게 넘겼다. 밤에는 이불 밑에 숨어서 손전등 불빛에 의지하여 책을 읽었다. 매일 만나는 친구보다 책 속 주인공들이 더 가깝게 느껴졌다.

나는 혼자가 편했지만 혼자 있는 모습을 누구에게도 들키고 싶지 않았다. 사람들과 어울리지 못하는 사회부적응자처럼 보일까 봐 두려웠던 것 같다.

그때 제일 부러웠던 건 누구와도 거리낌 없이 어울리는 사람들이었다. 그들처럼 되고 싶어서 먼저 말을 걸어보았다. 이 사람 저 사람 약속을 잡아 일주일 내내 만나보기도 했다. 하지만 곧 그만두었다.

사실 남들 눈엔 조용해 보여도 내 안에선 온종일 수백 가지 감정이 넘실댄다. 유쾌한 감정도 불쾌한 감정도 딱 지치지 않을 정도로만 느끼면 좋은데 사람들과 함께 있으면 내 안에 넘쳐나는 감정들을 소화하느라 금세 피곤해진다. 즐겁게 웃다가도 어서 집에 가서 나만의 공간에서 조용히 쉬고 싶어진다.

시간이 많이 흐르고서야 알게 됐다. 혼자가 좋은 건 내 타고난 기질이며, 타고난 기질은 좀처럼 바뀌지 않는다는 것을 말이다. 요즘 인기 있는 MBTI 성격 유형으로 말하자 면 나는 극도의 'I(내향성)' 성향이었던 셈이다.

《내향인입니다》의 진민영 작가는 내향과 외향의 차이 를 '에너지를 안에서 모으는 사람(내향인)과 밖에서 모으는 사람(외향인)'이라고 설명한다. 내향인은 혼자서 시간을 보낼 때 에너지를 충전하고 사람들과 만날 때 에너지를 소 비하는 사람들이다. 만약 이런 사람이 외향인이 되려고 온 종일 사람들과 어울리면 충전은 되지 않고 소비만 일어나 기 때문에 더 까칠하고 예민해진다.

작가는 내향인으로 살아가되, 단점을 장점으로 바꿔서 생각하자는 제안을 내놓는다. 내향인은 감수성이 풍부하 고 홀로 사색하길 좋아하니 예술이나 창작에 능하고, 타인 의 감정에 잘 동화되니 공감 능력이 높다. 글쓰기, 그림 그 리기처럼 홀로 즐기는 취미가 이들의 특기가 되기도 한다.

나 역시 글을 썼다. 파도처럼 밀려왔다 쓸려가는 감정이 버거울 때면 남에게 말하는 대신 일기장을 펼쳤다. 일기를 쓰다 보면 나조차 알 수 없던 내 마음이 보여서 편안해졌다. 꼭 누구에게 보여주려고 쓴 글은 아니었다. 그런데 그 글로 상을 받게 됐다. 심사평에는 '아이다운 마음이 잘 표현된 글'이라는 짤막한 소감이 적혀 있었다. 처음으로 글쓰기가 내 마음을 전하는 좋은 수단이 될 수 있다는 걸 알았다.

그렇게 글을 쓰다 보니 직장에서도 글을 쓰게 됐다. 글을 매개로 사람들과 소통하는 일은 내게 썩 잘 맞는다. 사람들과 너무 가깝지도, 멀지도 않은 거리에서 이야기를 전하는 일이라서 그렇다.

소통이라는 주제에 늘 관심이 있지만, 사람들을 직접 만나는 것보다 글로 만나는 편이 내게는 덜 부담스럽다. 어차피 사람들이 만나는 건 내가 아닌 내 글이라 생각하면 '내 존재가 낱낱이 해석되진 않을까' 하는 쓸데없는 걱정을 안 해도 된다.

그래도 가끔 내향인인 내가 싫어질 때는 내 단점을 동전의 양면처럼 뒤집어 생각해본다. '예민하다'는 섬세하다로 '감정기복이 심하다'는 감수성이 풍부하고 감정표현에 솔

직하다로.

그래도 안 될 때는 태양계 행성들을 머릿속에 떠올린다. 행성들은 제각각 모양도 색깔도 다르지만 멀리서 보면 다 같은 별이다. 그중 하나의 행성이 된 나를 상상해본다. 행성에 누가 낫고 못하고가 없듯, 나와 타인 사이에도 우월하고 열등한 건 없다. 우리는 서로의 같음과 다름 덕분에 때로는 타인에게 공감하고 때로는 타인을 신기해하면서 인생이란 같은 궤도를 재미나게 돌고 있다고 생각해본다. 그렇게 나의 평범함에 안도하고 나의 비범함에 감사하며 다시 살아갈 힘을 낸다.

나를 창피해하지 않기로 합니다

• 아홉 살 여자아이는 친한 친구가 없다고 했다. 사람을 좋아하는 아이인데 학교에선 어떤 무리에도 끼지 못해서 오래 마음고생을 해왔다는 것이다. 내 눈엔 그저 밝고 속 깊은 아이인데 왜 다들 너를 못 알아보는 걸까, 저 웃는 얼굴 뒤에 얼마만큼의 그늘이 져 있는 걸까 싶어 마음이 저릿하게 아렸다. 그래도 해주고 싶은 말을 속으로만 삼킨 건 힘든 시간을 견디는 아이에겐 그 말조차 부담이 될 것 같아서였다. 지금은 그저 아이를 토닥이며 응원할 뿐이다. 스스로의 힘으로 이겨내길 바라면서.

어린 시절 소풍 사진 속엔 늘 똑같은 모습의 내가 있다.

나는 눈에 잘 띄지 않는 두 번째 줄 끄트머리에 서서 어색하게 웃고 있다. 단체 사진을 찍을 때마다 빙빙 돌다가 겨우 끼여 설 자리를 찾으면 최대한 자연스러운 표정을 지으려고 애쓰던 기억이 난다. 사진 찍는 건 정말 싫었지만 티 내지 않고 그 상황을 잘 넘기고 싶었다. 이렇다 할 친구가 없었던 나는 소풍 사진을 찍는 게 창피했다. 혼자란 걸 모두에게 들키는 것도 모자라 평생의 증거로 남기는 것 같았다.

그 시절 친구들에게 나는 다소 특이한 아이로 비쳤을 것 같다. 삼삼오오 공기놀이, 고무줄놀이 하는 아이들 틈에서 꿋꿋이 책을 읽었으니. 당시 어떤 아이가 건넨 크리스마스 카드엔 '사실 너랑 친하게 지내고 싶었는데 네가 쓰는 말이 우리랑 달라서 다가가기 힘들었어'라는 뒤늦은 고백이 적혀 있었다. 이제 와서 생각하니 나는 '조숙하지만 사회적 기술이 조금 부족한 아이'였다. 단지 그것뿐이었지만 당시엔 스스로를 사람들과 어울릴 수 없는 '괴짜'라고 생각했던 것 같다.

따돌림 당하고 싶지 않아서 다른 친구들을 흉내내봤다. 친구들을 따라 연예인을 좋아하기도 하고 밝은 성격인 척 나를 포장해보기도 했다. 반대로 혼자여도 괜찮은 척, 강하고 독립적인 척 연기한 적도 있다. 실은 어느 쪽도 나답지 않아서 늘 가면을 쓰고 사는 기분이었다. 내 꾸며낸 말과 행동은 어딘가 부자연스럽고 서툴러서 친구들의 호감을 사지 못했다. 가끔은 혼자 무인도에 가서 살고 싶다는 생각이 들었다.

일자 샌드의 《나의 수치심에게》라는 책을 읽다가 그때의 내 감정이 '수치심'이라는 걸 알았다. 저자는 수치심을 '사랑받지 못한다는 감정이 들 때 밀려오는 감정'이라고 정의한다. 내가 보낸 신호와 상대가 돌려보내는 신호가 다를 때, 즉 상대방과 조화롭지 못한 상호작용을 반복적으로 경험할 때 드는 사회적 감정이 수치심이라는 것이다. 내 감정이 수치심인지 아닌지 판단하는 단서는 '다른 사람들의 눈을 피하고 싶은 절박한 기분이 드는가?' 스스로 질문해보는 것이라고 했다.

우리나라처럼 집단의 가치를 중시하고 남의 눈을 의식하는 동양 문화권에서는, 그것도 똑같은 교복을 입고서 차이를 존중받지 못하는 학교라는 장소에서는 수치심이 더 크게 일어난다. 남과 다른 행동, 튀는 행동이 무조건 나쁘다고 평가받는 곳에선 내 모습을 당당히 드러낼 수 없다. 무리에서 소외되지 않으려면 눈에 띄는 말과 행동은 피하고 눈치를 봐야 한다.

그런 분위기 속에선 나에게 문제가 있다고 착각하기 쉽다. 단지 남과 좀 다르거나 남과 어울려 살아가는 기술이 부족할 뿐인데도 내 존재 전체가 '부적절'하다고 확대 해석하게 되는 것이다. 아홉 살 아이에게 진짜로 해주고 싶은 이야기는 이런 이야기였다.

"한 반에 겨우 스무 명 남짓 있는 교실에서 나와 맞는 친구를 찾기는 어려워. 어쩌면 교실은 너를 담기엔 너무 작은 세계일지도 몰라. 그렇다고 그리스 신화에 나오는 '프로크루스테스(제 집에 들어온 손님을 침대에 눕히고 침대보다 키가 크면 다리나 머리를 자르고 작으면 사지를 늘여서 죽였다는 인물)'처럼 네 작은 사회가 너를 제 기준에 맞춰 재단하도록 내버려 두지 마. 부디 너에게 문제가 있다고 생각하지 않았으면 좋겠어."

〈미쓰 홍당무〉는 우리가 수치심을 어떻게 극복할 수 있는지 알려주는 영화다. 교사 양미숙(공효진)과 학생 서종희(서우)는 학교에서 소문난 왕따다. 두 사람은 비밀스러운 일로 친구가 되어 '찐따와 찐따 부인'이란 팀명으로 함께 학교축제 공연무대에 오르는데 막판에 서로의 우정을 의심한다. 미숙이 "너도 내가 창피해?"라고 묻자, 종희가 "선생님도 내가 싫은 거잖아요!"라고 대꾸한다. 똑같은 왕따인데도 두 사람의 포인트가 다르다. 수치심이 강한 미숙은 스스로를 창피해하면서도 모두의 사랑을 받고 싶어 한다. 반면, 자존감이 높은 종희는 남들과 다른 자신의 모습에 대해 떳떳해서 내가 좋아하는 사람만 나를 싫어하지 않으면 된다고 생각한다. 두 사람은 결국 화해를 하고 공연을 잘 마친다. 전교생이 야유를 보내도 둘은 웃으며 서로에게 썩 잘했다는 평가를 내린다. 그리고 어깨를 나란히 맞댄 채 사이좋게 걸어간다.

수치심을 느끼지 않으려면 내 모습을 감추고 타인의 가면 뒤에 숨지 않아야 한다. 홀로 조용히 살아가지도 않고, 강한 척 독립적인 척 연기하지도 말아야 한다. 실수하지 않고 완벽하게 행동하려고 애쓸 필요도 없다. 오히려 나의 불완전한 면을 사람들 앞에 드러내는 게 좋다.

발목을 다쳐 두어 달 깁스를 하고 다닌 적이 있다. 어쩔 수 없이 이 사람 저 사람 신세를 지게 되었는데, 이상하게도 사람들이 평소보다 나에게 친절했다. 누구에게나 좋은 사람, 예의 바른 사람이 되려고 되도록 완벽하게, 조심스럽게 행동할 때보다 깁스를 하고 절뚝거리며 걸어갈 때 더 많은 사람이 다가와 말을 걸며 도움을 주었다.

왜 그랬을까. 완벽해 보이는 사람보다 어딘지 부족해 보이는 사람이 다가가기 쉽기 때문이다.

《나의 수치심에게》의 저자는 "자신의 부족한 면, 불안한 면을 드러내는 사람이 오히려 다른 사람들과 더 가까워질 수 있다"고 설명한다. 물론 어떤 사람들은 그런 모습을 비웃을 수도 있다. 하지만 진짜로 나를 아끼는 사람이라면 응원해 줄 것이다.

아무에게나 내 약한 면을 일부러 보여주라는 건 아니다. 안 그래도 수치심이 강한 사람이 제 부족한 모습을 단번에 대중에게 드러냈다간 무인도가 아니라 다른 별에 가서 살고 싶어질지도 모른다. 그러니 일단은 나를 아껴주는 사람에게 내 약한 면을 드러낼 용기를 내보자.

어느 날 친구와 지하철역에서 헤어져 혼자 계단을 내려오다가 발이 걸려 넘어지고 말았다. 순간 등 뒤에서 "조심해!"라는 외침이 들렸다. 돌아보니 방금 헤어진 친구가 다급하게 뛰어 내려오고 있었다. 친구는 혀를 끌끌 차며 "으이그, 내가 너 넘어질 줄 알고 지켜보고 있었지"라고 했다. 다리는 아픈데 친구 덕분에 크게 웃었다.

아무것도 없어도 잘 넘어지는 내 별명은 '꽈당 고유'다. 이 별명을 지어준 대학 친구들은 아직도 내가 수시로 넘어지지는 않는지 안부를 묻는다. 그들 앞에선 덜렁거리는 내 모습도 흠이 아니다. 오히려 첫인상은 새침한데 빈틈이 많다며 좋아한다. 자주 넘어지고 잃어버리고 잊어버리는 내 일화를 줄줄이 외며 놀리는 그들과 함께 나 자신을 소재로 삼아 웃다 보면 나도 내 부족한 부분을 애정 어린 눈길로 바라보게 된다. 나는 조금 서툰 거지 문제가 있는 게 아니구나 하고 안심하게 된다.

그래도 내 수치심은 쉬이 사라지지 않아서 여전히 스스로가 창피해 숨고 싶은 순간들이 있다. 내 딴엔 회심의 농담을 던졌는데 아무 반응이 없을 때나 바보 같은 실수를 들켰을 때다. 그럴 때는 속으로만 말해본다.

'너무 완벽하면 인간미 없어 보여. 실수하니까 사람이
지.'

혹시 누가 좀 비웃으면 어떤가. 내게는 내가 아무리 모
자라고 서툴러도 따뜻하게 바라봐 줄 가족과 친구들이 있
다. 이렇게 생각하면 다시 어깨가 펴진다. 발걸음이 당당해
진다.

둘째 딸은 인정이 고프다

• "어릴 적부터 다른 사람과 비교하는 일의 무의미함을 깨달았기 때문에 상을 받든 받지 못하든 별 느낌이 없습니다.

…… 사람들에게 인정받는다는 건 위험한 일입니다. 상을 받았을 때 자기를 잃지 않도록 조심하면 계속 해나갈 수 있습니다."

영화 〈도쿄타워〉로 일본 아카데미 최우수 여우주연상을 받은 연기파 배우 키키 키린은 수상 소감을 묻는 기자들에게 이렇게 우아하게 답했다고 한다. 남의 인정을 바라지 않는 초연한 태도는 고상하고 품격 있어 보인다. 나는 늘 그런 사람을 동경해 왔다. 내가 그렇지 못하기 때문이다.

　어린 시절 나는 겉으론 조용해 보여도 속으론 눈에 띄고 싶어 안달이 난 아이였다. 어찌나 칭찬을 좋아했던지 칭찬 한마디면 며칠 동안 밥을 안 먹어도 진짜로 배가 불렀다.

　하루는 수업시간에 선생님께 칭찬을 받은 게 너무 좋아서 책 한 귀퉁이에 몰래 '선생님이 나한테 ○○○이라고 하셨다'라고 적어두고는 한 시간 내내 들여다보며 헤헤 웃고 있었다. 그런데 갑자기 눈앞에서 책이 휙 하고 사라졌다. "이게 뭐야. 선생님이 자기 칭찬한 걸 적어놨잖아!" 내 책을 채간 옆자리 친구는 깔깔거리며 나를 놀려댔다. 아직도 그 장면이 기억나는 걸 보면 그 일이 꽤 창피했나보다.

　유달리 칭찬받는 걸 좋아한 건 둘째 딸이어서인지도 모른다. 오빠는 아들이라서 동생은 막내라서 귀여움을 받았다면 중간인 나는 포지션이 좀 애매했다. 어쩌다 싸워도 "오빠한테 어딜(이기려 들어)!"이라든가 "동생한테 좀 져주지"라는 말을 듣기가 일쑤였다. 설상가상 공부마저 잘하는 형제들 사이에서 나는 점점 더 설 곳이 없어졌다. 그래서 착한 딸이 되기로 했다. 엄마의 집안일을 돕고 심부름을 도맡아 했다. 거기에는 나름의 철저한 계산이 담겨 있었다. 머리로 안 되면 몸으로 때워서라도 내 존재 가치를 증명하겠다는 지극히 현실적인 판단이었다.

사실 인정받고 싶은 마음 안에는 칭찬받고 싶은 마음과 미움받고 싶지 않은 마음이 공존한다. 어느 쪽이든 타인의 눈에 비친 내가 좋은 사람이길 바란다는 점에서 뿌리는 같다. 어려선 칭찬받고 싶은 마음이 컸다면 어른이 된 지금은 욕먹고 싶지 않은 마음이 더 큰 것 같다.

새내기 직장인 시절, 나는 교통사고를 당하고도 다음 날 출근을 했다. 병원에서는 아직 더 있어야 한다며 만류했지만 회사에서 '무책임한 사람'이라는 소리를 듣고 싶지 않았던 나는 억지로 퇴원하고 예정된 지방 출장을 갔다. 물론 내 몸과 마음을 돌보지 않은 대가는 이후에 혹독하게 치렀다. 건강을 버리면서까지 얻은 건 상사의 짧은 칭찬이었다. 그런데 이상했다. "역시 고유 씨는 책임감이 강해"라는 칭찬을 듣고도 칭찬받았다는 기쁨보다 욕먹지 않아서 다행이라는 안도감만 들었다. 잠깐 기분은 좋았지만 이내 마음이 무거워졌다. '더 잘해야 한다'는 부담감만 어깨를 무겁게 짓눌렀다.

내가 상사가 되면 좀 나아지려나 싶었는데 아니었다. 아랫사람들에게 '꼰대'라고 욕먹고 싶지 않은 마음만 추가되었다. 업무 시간에 자리에서 한 시간씩 수다를 떠는 후배, 정당한 업무 지시에도 자기 일이 아니라며 거절하는 후배에게 싫은 소리 한마디 못한 건 내 마음이 넓어서가 아니라 미움 받고 싶지 않아서였다.

마땅히 조언해야 할 순간에도 욕먹는 게 두려워 망설이는 한심한 어른이 되어버렸다. 목구멍까지 차오른 쓴소리를 삼킨 순간 미워진 건, 후배가 아닌 나 자신이었다.

상담 선생님에게 이런 이야기를 모두 털어놓은 날, 선생님은 대답 대신 "지금 어떤 기분이냐"고 되물었다. 어떤 생각이 드느냐가 아니라 어떤 기분이냐고 물으니 선뜻 대답이 나오지 않았다. 그냥 내 삶이 내 것처럼 느껴지지 않는다는 생각만 들었다. 마치 오랫동안 나 아닌 누군가의 삶을 대신 살아온 기분이었다.

"허탈해요. 내가 왜 남의 눈을 신경 쓰느라 내 인생을,

내 건강을 그렇게 망치고 살았는지 모르겠어요. 그 시간들이 너무 아까워요.”

나도 모르게 눈물이 주르륵 흘러내렸다. 상담 선생님은 휴지를 건네주며 다정한 목소리로 알려주었다.

“고유 씨가 지금 느끼는 그 마음이 '공허감'이에요.”

남의 인정을 받으려고 애쓰며 사는 동안 내 안엔 늘 누군가가 들어와 살았다. 그 누군가는 부모님일 때도 있고 선생님일 때도 있고 직장 선후배일 때도 있었다. 그들에게 칭찬받으려고 혹은 미움받지 않으려고 노력하는 동안, 내 삶에선 내가 사라져 버렸다. 내가 보는 나보다 타인이 보는 나에 집중하는 바람에 내 삶의 주도권이 타인에게 넘어가 버린 것이다.

다시 내 삶을 살아가려면 남의 인정을 바라는 마음을 비우고 나 스스로를 인정해야 했다. 그 빈자리는 서두르지 않고 천천히 채워가기로 했다.
나에게 인정받으려면 흔들림 없이 단단한 나만의 기준

이 필요했다. 내가 생각하는 좋은 사람은 어떤 사람인지에 대한 기준 말이다. 세상이 어떻게 평가하든 내 기준만 만족한다면 '이만하면 잘 하고 있어'라고 나를 칭찬해 주는 거다. 그러면 점점 남의 인정에 초연해지지 않을까.

다행히 요즘은 예전보다 남의 눈을 덜 신경 쓰게 되었다. 내 기준에서 잘못한 게 아니라면 회사에서 웬만큼 욕을 먹어도 크게 상처받지 않는다. '오늘의 내가 좀 부족했어도 내일의 내가 더 잘할 거야'라며 속 편히 넘길 때도 있다. 무엇보다 내 가치는 회사가 아니라 내가 평가하는 것이라고 또 한 번 되새긴다. 그리고 마지막엔 꼭 나에게 이 말을 해 주는 걸 잊지 않는다.

'수고했어. 오늘도 최선을 다했어.'

마음의 허기를 쉽게 채우지 않습니다

"넌 자의식 과잉 같아."

사회 초년생 시절 직장 선배에게 이런 말을 들었다. '자의식 과잉? 그게 뭐지?' 사전을 검색해보니 '남들이 나를 어떻게 볼까 지나치게 신경 쓰는 것'이라고 했다. 확실히 그때의 나는 누가 봐도 '자의식 과잉'으로 보였겠다 싶다. 사람들의 말에 툭하면 상처를 받아서 언제라도 부서질 준비가 된 사기그릇 같았기 때문이다. 부정적인 평가가 두려워서 정기 인사 평가 결과조차 열어보지 못한 건 회사에 나쁜이지 않았을까.

그런데 십 년이 지난 어느 날, 임경선 작가의 인터뷰를 읽다가 우연히 '자의식 과잉'의 또 다른 뜻을 발견했다.

"자의식 과잉은 말 그대로 '내가 나를 너무 많이 의식한다'잖아요. 사유가 깊어지는 건 좋은 일이겠지만, 생각이 얕은 지점에서 도돌이표처럼 오래 머물러 있으면 울적함이나 자기연민으로 흐르기 쉽고 그렇게 되면 손쉬운 '위로'를 찾아 헤매게 되죠."

순간 머리를 한 대 얻어맞은 느낌이었다. 그때 그 선배가 나에게 해주고 싶었던 말이 이것이었을까.

나의 이십 대는 그리 아름답지 않았다. 실패와 좌절의 연속이었다. 음식은 나의 슬픔과 공허함을 달래줄 가장 손쉬운 위로법이었다. 그렇게 인생에서 가장 빛나고 예뻐야 할 나이에 폭식증을 앓았다. 봄에는 55 사이즈를 입다가 겨울에는 77 사이즈를 입는 식으로 일 년에 체중이 10kg도 넘게 쪘다 빠졌다를 반복했다. 어떤 날은 정신줄을 놓은 것처럼 먹었고 어떤 날은 온종일 아무것도 먹지 않았다. 눈만 뜨면 빵, 떡, 아이스크림이 머릿속을 떠다녔다. 엄청난 양을 눈 깜짝할 사이에 먹어 치웠는데 브레이크 없는 자동차라도 된 듯이 멈출 수가 없었다. 정신을 차리면 끔찍한 후회와 죄책감이 밀려들었다. 그땐 다시 살을 빼겠다고 약을 사 먹거나 몇 시간씩 한강변을 걸으며 내 몸을 혹사시켰다.

하루는 이틀이나 아무것도 안 먹고 기진맥진한 상태로 누워 있다가 내가 왜 이렇게 되었나를 생각해 보았다. 시작은 대학 졸업을 앞두고 진학이냐 취업이냐로 부모님께 심하게 혼나고부터였다. 그날 이후 우울감이 심해지면서 폭식증이 찾아왔다. 하지만 꼭 그 일이 원인이라고만 할 수 있을까. 남의 시선이나 평가에 지나치게 신경 쓰는 내 성격도 한몫했을 것이다.

그렇다면 어려서부터 비난을 많이 받고 자란 양육 환경 때문이었을까. 꼬리에 꼬리를 물고 내 탓과 남 탓을 이어가다가 문득 깨달았다. 과거로 돌아가서 상황을 바꿀 수 있는 게 아닌 다음에야, 이제 와서 누구 탓인지 따지는 건 아무 의미가 없다는 걸.

어쨌든 나는 지금 아프고, 그걸 고칠 수 있는 건 나뿐이었다.

사람들은 섭식장애의 원인을 '깡마른 몸에 대한 선호'

정도로 여긴다. 그래서 마른 몸을 이상적인 것으로 그리는 미디어가 잘못이라고, 외모 만능주의로 다이어트를 조장하는 사회 분위기가 잘못이라고, 쉽게들 말한다. 하지만 폭식증이나 거식증의 원인은 그리 단순하지 않다.

사실 우리가 가진 모든 문제가 그렇다. 언제 어디서부터 시작됐는지 뚜렷이 원인을 가릴 수 있는 문제가 얼마나 될까. 원인을 찾으려는 부질없는 노력은 그래서 서로의 마음에 또 다른 상처만 낼 뿐이다.

사실 '왜 아픈가'보다 중요한 건 '어떻게 아픈가'이다. 나는 어릴 때부터 통통한 몸매 때문에 놀림을 받았었다. 사람들은 나한테 별 관심이 없었지만 언제 어딜 가든 남들이 나를 평가하고 있을 것 같아 불안했다. 타인의 시선이 신경 쓰여서 필사적으로 다이어트를 하다가 억눌린 식욕을 한번에 폭발시키길 반복했다. 마침내 체중에 대한 통제력을 완전히 잃어버리자 스스로가 한없이 나약하게 느껴졌다.

섭식장애의 밑바닥에는 낮은 자존감이 있다. 섭식장애를 겪는 이들은 타인의 작은 지적이나 놀림에도 무너질 만큼 마음이 여리고 약하다. 남의 말을 맹목적으로 믿는 것이 아니라 남의 말을 튕겨낼 만큼 스스로를 믿지 못하는 것이다.

제대로 수용받아 보지 못한 이들은 자신을 있는 그대로 사랑하지 못한다. 나를 부족하고 모자라게 여겨 어떻게든 다른 모습이 되어야 한다는 강박에 시달린다. 그래서 섭식장애 치료는 나를 있는 그대로 사랑할 용기를 내는 데서 시작된다.

내가 폭식증에서 벗어난 건 명상을 배우고서였다. 명상수련센터에 들어가서 몇 주간 센터에서 주는 음식으로 채식과 소식을 하면서부터 조금씩 내 몸과 마음이 달라지는 걸 느꼈다. 그곳 사람들은 내 몸이 하나의 '신전'이라고 말했다. 종교는 없지만 우리의 몸은 영혼이 기거하는 신성한 장소이며, 몸이 건강해야 마음도 건강할 수 있다는 것에는 동의할 수 있었다. 몸에 해로운 음식을 마구 밀어넣는 건 나에 대한 존중도 사랑도 아니었다. 이렇게 생각이 바뀌니 예전처럼 아무 음식이나 함부로 먹을 수가 없었다.

익숙한 습관에서 벗어나는 게 쉽지 않았지만 한 번 체험한 긍정적인 변화를 유지하고 싶어 조금씩 노력하기 시작했다. 되도록이면 건강한 음식을, 규칙적인 시간에 찾아 먹는 연습을 하면서 폭식증에서 천천히 빠져나왔다.

"(손쉬운 위로를 찾아 헤매는 건) '나 자신을 사랑하는' 마음이기보다 '약한 나를 보호하고 싶은' 마음이겠죠. 스스로를 약하다고 단정 지으면 불행히도 앞으로 나아갈 수가 없어요. 자의식의 꼬리를 단호하게 끊고 지금 이 순간 내가 할 수 있는 걸 시도하는 것 말고는 방법이 없다고 생각해요."

임경선 작가는 자의식 과잉을 해결하려면 "지금 이 순간 내가 할 수 있는 걸 시도해보라"고 말한다. 나를 약한 존재로 보는 사람은 음식, 쇼핑, 게임처럼 간편한 방법으로 나를 위로하려 든다. 문제를 해결하지 않고 하루하루 나를 달래는 것으로 나를 사랑하고 있다고 믿는다.

나를 위로하는 방법과 나를 사랑하는 방법이 다를 수 있다. 나를 사랑한다면 지금 이 순간 나를 위해 도움이 되는 결정을 내려야 한다.

나는 당신이 쉬운 길보다 어려운 길을 택했으면 좋겠다. 그래서 힘들어도 조금씩 앞으로 나아갔으면 한다.

내 탓은 그만하고,
남 탓 좀 하고 살게요

고슴도치를 반려동물로 키우는 사람들
이 있다고 한다. 한 손에 쏙 들어오는 이 앙증맞은 크기의
생명체는 주인에겐 애교를 부리지만 낯선 사람이 만지려
하면 온몸의 가시를 세우고 또르르 몸을 말아 숨어버린다.
고슴도치의 가시는 속이 빈 빨대 같아서 익숙해지면 그리
따갑지도 않다는데, 그 하찮은 가시라도 펼쳐 최대한 강해
보이려고 애쓰는 것이다. 보드랍고 말캉한 배를 감추고 뾰
족한 등만 보여주는 녀석이 왠지 나 같아서, 마음이 짠해
졌다.

스트레스를 받으면 남에게 이야기하며 푸는 사람도 있

지만 나처럼 혼자만의 장소에 숨어버리는 사람도 있다. 남의 위로나 도움이 필요치 않은 게 아니라 내 약한 모습을 누구에게도 들키고 싶지 않은 거다. 타인에게 짐이 되고 싶지도 않고 분위기를 망치고 싶지도 않아서, 최대한 덤덤한 얼굴로 하루를 보낸 다음 집에 돌아와 실컷 운다.

울고 나면 마음은 후련해도 머릿속이 복잡하다. 오늘 일어난 사건을 하나하나 곱씹으며 무엇이 잘못됐는지 분석해 본다. 처음엔 누군가에게 화가 나고 섭섭하다가 시간이 갈수록 나에게 문제가 있다는 쪽으로 생각이 기운다. 그 끝에 가닿는 결론은 항상 이것이다.

'나는 외톨이야.'
'나는 쓸모가 없어.'
'그러니 아무도 날 좋아하지 않을 거야.'

어릴 때 들은 아픈 말들은 지겹게도 잊히질 않는다. 어떤 때는 놀림이었고 어떤 때는 비난이었던 말들을, 아이였던 나는 아무런 의심 없이 믿어버렸다. 내가 보는 나보다 남이 보는 내가 맞을 것 같았다. 하물며 그 남은 나를 가장 잘 아는 가족, 친척, 친구였다. 그래서 나는 그들의 말대로 내가 부족하고 쓸모없고 실수투성이라고 생각했다.

어른이 되어 그들이 내 곁에서 사라졌어도 달라진 건 없었다. 이번엔 내가 나를 탓하고 있었다. 그 누구보다 아프고 가혹하게.

우울한 사람은 내 탓을 많이 한다. 남 탓을 자주 하는 사람은 적어도 우울해지진 않는다. 내 탓이냐, 남 탓이냐는 결국 공격성의 방향이 어디를 향하느냐의 차이다.

자기 비난이 심한 사람은 내 안의 공격성을 밖으로 표출하지 못하고 안으로 삭이는 사람이다. 사방에서 공격해오는 자기 비난과 싸우느라 에너지를 다 써버리고 깊은 우울의 늪에 빠져든다. 이런 사람은 공격성의 방향을 내부에서 외부로 살짝만 틀어줘도 숨쉬기가 훨씬 편해진다.

내 탓을 안 하려고 남 탓을 하라는 게 이상하게 들릴지도 모르겠다. 당신이 "내 탓보다 남 탓이 나쁜 거 아닌가요?"라고 묻는다면 "네"라고 답하겠지만 거기에 꼭 한마디 덧붙이고 싶다. "그래도 가끔은 남 탓 좀 하고 살아도 돼요"라고. 특히 내 탓만 하다 마음이 우울해진 사람이라면 더더욱.

언젠가 회사에서 말도 안 되는 일을 당했다. 아무리 나라도 내 탓이 안 되는 일이었다. 며칠을 밤잠이 안 올 만큼 속상하고 화나고 슬펐다. 그런데도 내가 이렇게 느껴도 되는지 확신이 서질 않았다. 남 탓으로 결론을 내리자니 그것도 영 마음이 찜찜하고 불편했다. 내가 상황을 오해한 건지도 몰라, 내가 실수한 건지도 몰라, 라며 아는 언니에게 물었다.

"언니, 제가 이렇게 느끼는 게 맞나요?"
"네가 그렇게 느꼈다면 그게 맞는 거야. 감정엔 맞고 틀린 게 없어. 그 사람들이 나빴네."

순간 눈물이 핑 돌았다. 아, 남 탓을 해도 되는구나. 매번 내 탓만 할 필요는 없구나. 거기엔 틀을 깨는 해방감이 있었다.

그래서 더 적극적으로 남 탓을 해보기로 했다. 회사에서 스트레스를 심하게 받은 날이면 퇴근한 남편을 붙잡고 떠들었다. 하지만 나의 남 탓하기는 처음부터 난관에 봉착했다. 남의 감정에 공감은 잘해도 남의 욕은 못하는 남편 때문이었다. 남편은 "그랬구나, 많이 힘들었겠다"는 말만 거듭하다가 갑자기 해결사 본능을 발휘하여 "이렇게 해봐, 저렇게 해봐" 훈수를 뒀다. 결국 폭발하고 말았다.

"그냥 맞장구만 쳐달라고. 그게 그렇게 어려워?"

그날부터 남편은 욕쟁이가 되었다. 만난 적도 없는 사람을 나와 한마음으로 욕해주었다. 처음엔 욕하는 게 책 읽는 것처럼 어설펐는데 날이 갈수록 자연스러워지더니 요즘은 제법 찰지게 욕을 한다. 어떤 때는 내가 그런 남편을 말릴 정도다.

"그 정도로 나쁜 사람은 아니야. 좋은 면도 있어" 하면 남편은 웃으며 "그렇지?" 한다.

우리의 마음은 시계추 같아서 양극단으로 진자운동을 반복하다가 정확히 중간 지점에 돌아온다. 내 탓도 남 탓도 끝까지 해봐야 시키지 않아도 균형이 잡힌다. 어느 쪽이든 지나치면 좋지 않다는 걸 체험적으로 알게 된다고 할까. 그러니까 균형을 더 잘 잡을 수 있을 때까지 일부러라도 남탓을 해보자고 마음먹는다. 물론 내가 하는 남 탓을 들어줘야 하는 남편에게는 가끔 미안하지만 '자기 비하로 가득 찬 이야기를 수없이 반복해서 들어줘야 하는 우울한 아내'보단 '같이 맥주나 한잔하며 안주 삼아 남의 흉을 봐주면 금방 기분이 풀어지는 아내'가 훨씬 좋지 않을까.

그렇다고 평생 남 탓만 하고 살겠다는 건 아니다. 내 탓을 덜 할 수 있는 방법도 찾아보고 있다. 내가 찾은 방법은 자기 비난으로 이어지는 내 부정적인 사고방식을 근본적으로 고치는 일이다. 자기 비난이 심한 사람은 어떤 사건을 겪을 때마다 아주 빠르게 부정적인 생각을 떠올리는데, 그 생각이 너무 빨리 지나가서 어떤 내용인지 의식하지도 못한 채 우울한 감정만 느낀다고 한다.

인지행동치료에선 이 부정적인 생각을 '자동적 사고'라고 부른다. 자동적 사고는 나는 이래야 한다, 세상은 저래야 한다 등의 완벽주의적인 신념에서 나온다. 완벽주의는 반드시 실패와 좌절을 겪게 되어 있어서 자기 비난으로 이어지기가 쉽다. 다행인 건 조금만 주의를 기울여도 쉽게 알아채고 고칠 수가 있다는 점이다.

늘 덜렁거리는 성격의 나는 어린 시절 집에서 '(사고)뭉치'로 불렸다. 왜 그런지 모르겠지만 컴퓨터건 냄비건 화분이건 내 손만 지나가면 남아나질 않았다. 혼날까봐 조심하고 또 조심해도 같은 실수를 저질렀다.

그런 날이면 '나는 맨날 실수투성이야', '이런 실수를 하다니 난 정말 모자란 사람인가 봐', '완벽한 사람이 되고 싶어' 같은 부정적인 생각을 하며 오래 자책하곤 했다. 하지만 언젠가부터 내 실수에 대해 꽤 의연해져서 이제는 나의 실수를 웃음거리 삼아 이야기하기도 한다.

이렇게 상황이 변하기까지 내가 한 작업은 단순했다. 실수할 때마다 떠올리던 부정적인 생각을 '가끔은 실수해도 돼', '실수하는 모습이 더 인간미 있어 보여', '세상에 완벽한 사람은 없어' 같은 긍정적인 생각으로 바꾸는 것.

부정적인 생각에 대항할 수 있는 긍정적인 생각을 나만의 문장으로 만들어서 실수할 때마다 일부러 소리 내어 말했다. 처음엔 잘 안 됐지만, 나중엔 부정적인 생각만큼 빠르게 긍정적인 생각이 떠올랐다. 그러면서 점점 내 실수에 대해서 너그러워질 수 있었다.

자기 비난이 심한 사람들은 온종일 아무도 모르는 내적 싸움을 계속한다. 그래서 나도 지치지만 내 옆에 있는 누군가도 지치게 만든다. 끊임없이 내 탓을 하는 사람 옆에서 누가 마음 편히 머무를 수 있을까.

그러니 위로와 도움이 필요한 순간일수록 혼자 숨지 말고 누군가가 내미는 손을 기꺼이 잡아야 한다. 내 탓을 하며 홀로 싸우느니 남 탓을 하며 함께 있는 게 행복하다. 나를 고치는 건 그 다음이다.

내 속엔 내가 너무도 많아서

• 이제는 너무 오래된 드라마가 되어버린 〈킬미 힐미〉에는 다중인격 남자주인공이 나온다. 그는 본래의 자아 외에도 여섯 개나 되는 분열된 자아를 가지고 있는데, 이들은 갑자기 나타나서 남자주인공의 일상을 흔들어 놓곤 한다. 드라마는 남자주인공이 과거의 상처를 치유하면서 모든 자아를 하나로 통합해 가는 과정을 그린다. 명대사가 많은 드라마였지만 유독 기억에 남는 대사는 정신과 의사인 여자주인공이 여섯 개의 자아 중 하나에게 내뱉은 이 대사다.

"누구나 마음속에 여러 사람이 살아. 죽고 싶은 나와 살고 싶은 내가 있어. 포기하고 싶은 나와 지푸라기라도 잡고 싶은 내가 매일매일 싸우면서 살아간다고!"

다중인격까진 아니어도 우리 안엔 다양한 내가 있다. 예를 들어, 나는 차분하고 이성적이고 논리적으로 보이지만 의외로 화도 잘 내고 눈물도 많고 엉뚱한 소리도 곧잘 한다. 완벽주의자는 맞는데 덜렁거려서 손이 많이 간다고들 한다. 대체로 진지하지만 가끔 유머러스하다. 도무지 앞뒤가 맞지 않아 보여도 이게 다 내 모습이다. 한 사람 안에 이렇게나 다양한 모습이 존재한다.

그 모습 중엔 내가 타고난 모습도 있지만 살기 위해 만들어 낸 모습도 있다. 그래서 어떤 모습은 나답게 느껴지지만 어떤 모습은 낯설고 어색하다. 나는 가면을 바꿔 쓰듯 때와 장소와 상대에 따라 내 모습을 바꾼다. 일부러 그러는 게 아니라 무의식적으로 그렇게 되는 것이다. 그래서 가끔은 내가 다중인격이 아닐까, 하고 생각해 본 적이 있다. 아마 누구나 한 번쯤 그런 생각을 해보았을 것이다.

이렇게나 다양한 내 모습을 한마디로 정의하고 싶어서

한때는 심리검사를 열심히 했었다. 성격이 한 줄로 정리되면 인생도 명쾌해질 줄 알았건만 그런 일은 일어나지 않았다.

요즘엔 MBTI 성격 유형 검사가 인기인 것 같다. 예전에 처음 만나는 사람에게 혈액형이나 별자리를 물었듯이 요즘은 MBTI를 물어본다. 상대가 어떤 성격 유형인지 알면 그를 빠르게 이해할 수 있다고 믿는 것 같다. 하지만 우리의 이 복잡다단한 모습이 열여섯 가지 유형으로 설명될 수 있을까. 누군가를 한 가지 타입으로 규정짓는 순간, 미리 정해진 틀에 억지로 끼워 맞추는 것 같아서 불편해진다.

내가 MBTI에서 인상적으로 느낀 건 우리 모두를 양면성을 가진 존재로 설명한다는 점이다. 사실 MBTI는 외향이냐 내향이냐, 판단이냐 인식이냐, 감각이냐 직관이냐, 사고냐 감정이냐 중 각자가 어느 쪽에 가까운지 알려주는 지표일 뿐이다. 크고 작은 정도의 차이만 있을 뿐이지 누구나 다 양면성을 가졌다는 뜻이다.

나는 '백일 쓰기 과정'이라는 프로그램에 참여하면서 내 양면성에 대해 이해하게 되었다. 하루에 하나씩 나에 대한 주제로 글을 쓰는 이 프로그램은 좋아하는 것과 싫어하는 것, 기뻤던 경험과 화났던 경험처럼 긍정적인 것과 부정적인 것을 짝지어서 써보도록 했다. 덕분에 내가 어떤 사람인지 전체적으로 볼 수 있었다.

한 사람에겐 간디부터 히틀러까지 모든 인물이 될 가능성이 숨어 있다고 한다. 나 역시 양면성과 모순으로 가득한 사람이었다. 그런데 그 모순이 밉지 않았다. 오히려 내가 특별히 좋은 사람도 나쁜 사람도 아니라는 걸 알게 되어 마음이 편안해졌다. 내 안의 모순을 인정하는 건 나의 밝은 면과 어두운 면을 모두 받아들이는 일이다. 나는 대체로 좋은 사람이지만 때때로 나쁜 사람이 된다는 걸 인정하는 것이다. 그러면 내 모습 중 마음에 들지 않는 모습이 있어도 너그럽게 "그럴 수 있지"라고 말하게 된다.

이게 되면 남에게도 "그럴 수 있지"라고 말할 수 있다. 평소엔 살가운 엄마가 화만 나면 예전 일까지 끄집어내며 나를 비난한다든가, 친하다고 생각한 동료가 내 업무 부탁을 칼같이 거절한다든가 해도 전처럼 화르륵 타오르지 않고 받아들일 수 있게 된다. 오늘 그 한 장면 때문에 그가 나쁜 사람이 되는 것이 아니라, 오늘 그의 말과 행동은 나빴지만 크게 보면 그는 좋은 사람이라 생각할 수 있는 여유가 생긴다.

　그래도 내 어떤 모습은 도무지 좋아지지 않았다. 예를 들어 잘 삐지는 모습이다. 어릴 때 나는 한 번 삐지면 온종일 내 방에 틀어박혀서 아무 말도 하지 않았다. 화가 난다고 표현하지 않고 침묵하는 것으로 상대를 더 숨 막히게 만들었다. 나중에 심리학 책을 보니 나처럼 행동하는 걸 '수동공격'이라고 부른다고 했다. 수동공격은 화를 직접적으로 표현하지 않고 간접적으로 돌려 표현하는 방어기제다. 타인과의 충돌이 생기면 대화로 풀어야 하는데 타인이 불편함과 죄책감을 느낄 때까지 대화를 피하는 것이다. 참 유치한 복수법이다.

　사실 수동공격을 하는 사람은 화라는 감정을 제대로 표현해본 적도, 수용받아본 적도 없는 사람이다. 나는 화 잘 내는 엄마 옆에서 화를 낸다는 것 자체가 무서워져버린 경우였다. 내가 화를 내기도 두려웠지만 엄마가 더 크게 화를 낼까 봐 불안했다. 내 나름대로 살기 위해 선택한 방법이 수동공격이었다. 방 안에 숨어버리면 엄마가 찾아와서 살

살 달래주었는데 그때는 못 이기는 척 다시 일상으로 돌아가곤 했다.

그런데 어른이 되고 나니 이 방법이 잘 통하질 않았다. 오히려 대화로 풀어야 할 일을 회피하는 내 태도가 대인관계와 사회생활을 망치고 있었다. 드디어 수동공격과 영영 이별해야 될 때가 왔다는 걸 알았다. 하루는 수동공격이 내 눈 앞에 서 있다고 상상하고 작별인사를 해보았다.

'어린 시절의 나로 살아가는 데에 도움을 주어서 고마워. 하지만 어른인 나로 살아가는 데 네가 방해가 되는 것 같아. 그러니 우리 헤어지자.'

모든 이별이 그렇듯이 수동공격과도 단번에 헤어지진 못했다. 일부러 머릿속으로 헤어지는 상상까지 한 건 그렇게라도 해야 내 오랜 습관을 버릴 수 있을 것 같아서였다. 그러고 보니 이 수동공격이란 녀석을 만난 지도 꽤 오래된 것 같다. 이렇게 내 안의 어떤 모습은 끌어안고 어떤 모습과는 헤어지면서 점점 나라는 사람이 완성되어 간다.

MBTI의 이론적 토대를 제공한 심리학자인 칼 융은 "우리가 인생을 통해 추구할 것은 타고난 전체성을 조화롭게 발전시키는 것뿐"이라고 말했다. 내 안의 다양성이 뿔뿔이 흩어져 제멋대로 움직이며 갈등을 일으키게 두지 않고 '나'라는 사람 안에서 조화롭게 살아가게 해야 한다는 것이다.

융과 놀랍도록 비슷한 이야기를 〈킬미 힐미〉의 여자주인공도 했다. "더 이상 흩어진 조각이 아니라 제 자리에 꼭 맞춰진 퍼즐처럼 더 멋진 그림이 되어" 살아가자고 말이다.

언젠가 완성될 나의 그림이 어떤 그림이 될지 궁금해진다. 그리고 당신의 그림도.

취미 부자의 고백

• 결혼을 앞두고 여기저기 흩어진 통장의 돈을 모아 보았다. 영혼까지 탈탈 털었다는 게 믿어지지 않을 만큼 겸손한 액수가 모였다. 지난 8년 땀 흘려 일한 결과가 겨우 이건가 싶어 잠시 허망했다. 하지만 돈 새는 구멍이 어딘지 알 것 같았다. 범인은 바로 주기적으로 바뀌는 나의 취미생활이었다.

결혼 전 나는 일 년에 열두 가지를 배우는 '취미 부자'였다. 미술, 댄스, 악기, 요리, 실내 운동, 야외 스포츠, 수공예까지 장르도 가리지 않았다. 취미 못지않게 열정적으로 임한 여행과 자원봉사까지 더하면 대충 세어도 마흔 가지가 넘는다.

취미생활은 나에게 일종의 로망이었다. 이것만 배우면 내가 꿈꾸는 사람이 될 수 있을 것 같은 로망. 우아하고 늘씬한 외모, 고급스럽고 예술적인 취향, 강하고 열정적인 성품의 여자가 되고 싶었다. 그래서 어느 날은 탱고를 췄고, 다음 날은 초상화를 그렸고, 그 다음 날은 스카이다이빙을 했다. 서로 전혀 어울리지 않는 이런 취미들은 어느 것도 오래 가지 못했다. 채 개론을 떼기도 전에 새로운 취미로 눈을 돌린 덕분에 내 취미의 유통기한은 언제나 3개월이었다. 당연한 이야기지만 이상형의 여자는 점점 멀어졌고 내 통장은 얄팍해졌다.

그래도 내향형인 나에게 취미생활은 사람들과 어울리는 가장 쉬운 방법이었다. 물론 낯선 장소의 문을 열며 들어서는 건 언제나 긴장되었다. 호기심에 찬 수십 개의 눈빛이 내게 와 부딪힐 때의 그 당혹감이란. 그래도 사람들은 곧 시선을 돌려 자신의 관심사에만 몰입했다.

같은 관심사를 가진 사람들과 그렇게 적당한 거리를 유지하면서 외롭지 않을 수 있다는 게 좋았다. 같이 있고는 싶지만 또 혼자 있고 싶은 양가적인 마음이 모두 충족되었다. 아무리 내향형이라도 영영 혼자 살 수는 없어서 가끔은 혼자만의 세계에서 빠져나와 세상과의 연결고리를 찾아야했다. 나에게 취미생활은 세상과의 좋은 연결고리가 되어주었다.

한편으로 취미생활은 내 어린 날의 결핍을 채우려는 몸부림이었을 수도 있다. 어린 시절 우리 집은 그리 넉넉지 않아서 자식 셋을 모두 학원에 보낼 수가 없었다. 동네 친구들은 대부분 밤늦게까지 학원에 다녀서 같이 놀 친구조차 없었다. 미술도 배우고 싶고 발레도 배우고 싶고 수학도 배우고 싶었지만 한 번도 입 밖에 내어 말한 적은 없었다. 어차피 해주지도 못할 거 마음 아프게 하고 싶지 않았다.

하지만 아무리 애어른이라도 마음속에 차오르는 부러움까진 어찌지 못해서 '학원만 다니면 내가 쟤보다 더 잘할 수 있는데'하며 홀로 여러 밤을 뒤척였었다. 그렇게 꾹꾹 눌러 참은 결핍들이 어른이 된 어느 날, 빵 하고 터졌나 보다.

이런저런 이유로 시작된 내 유별난 취미생활은 결혼 전까지 이어졌다. 덕분에 돈도 시간도 참 많이 썼다. 결혼할 때 보탤 돈이 적었던 건 물론이고, 연애하고 친구 만날 시간도 취미에 모조리 빼앗겼다.

그렇다고 마냥 잃기만 한 건 아니었다. 바지런히 돌아다니는 일상에서 나는 삶의 에너지를 얻었다. 처음 무언가를 배울 때는 사랑에 빠지는 순간처럼 앞뒤 안 가리고 몰입했다. 그럴 때면 내 안의 우울이 잠시나마 사라지는 기분이 들었다.

특히 좋아한 건 시작하는 순간의 설렘이었다. 새로움이 사라지고 노력이 필요한 단계에 다다르면 자연스레 다른 취미로 옮겨갔다. 그렇게 매번 시작만 하고 끝을 맺지 못하니 제대로 할 줄 아는 게 하나도 없었다. 시작할 힘은 있어도 유지할 힘은 부족했던 탓이다.

하지만 돌아보니 그때의 나는 시작만 해도 되었지 싶다. 지겹게 떨어지지 않는 감기처럼 우울을 달고 살던 내가 취미로 살아갈 힘을 얻었다면 그걸로 충분하지 않았을까.

매일매일 시작을 반복하는 것도 어찌 보면 꾸준함이다. 그런 하루하루가 모여 삶을 버티는 힘이 되었다. 그야말로 '무용(無用)의 유용(有用)'이다.

물론 어떤 취미도 끝을 맺지 못한 탓에 꿈꾸던 사람은 될 수 없었다. 대신 내가 어떤 사람인지는 알 수 있었다.

글을 쓰거나 그림을 그리는 건 제법 해도 악보를 읽지

못하고 심각한 몸치다. 겁이 없어서 높은 곳에서 잘 뛰어내리지만 유독 물을 무서워해서 두 달이나 수영을 배워도 물에 머리를 담그지 못했다. 인간이란 존재에 대한 관심은 많지만 사람을 그리 좋아하는 편은 아니다. 말재주는 있어도 사람들과 함께 있으면 금방 지쳐서 일주일에 약속은 한 개가 고작이다.

이렇게 내가 무엇을 좋아하고 싫어하는지, 무엇을 잘하고 못하는지가 취미생활을 하며 분명해졌다. 덕분에 대화의 주제도 풍성해졌다. 어딜 가든 누구를 만나든 공통점을 발견하기가 쉬워졌다. 얕은 지식이라 개론까지만 읊으면 끝나지만 낯선 사람과 공감대를 형성하는 데는 취미만한 게 없었다.

그러다 '덤'으로 남편도 만났다. 한 탱고 동호회에서였다. 한 동작을 배우면 두 동작을 까먹는 나와 뻣뻣하기가 막대기 같은 남편이 탱고를 배운 건 일생일대의 결심이었다. 그런 엄청난 결심이 기적처럼 한날, 한시에 이뤄진 덕분에 우리는 만나서 결혼을 했다.

탱고를 '함께 걷기'라고들 한다. 이제는 기본 스텝마저 잊어버렸지만 우리 부부는 삶 속에서 함께 탱고를 추고 있다. 서로의 속도에 맞추고 함께 나아갈 방향을 정하면서 매일의 춤을 완성한다. 언젠가 아르헨티나 길거리에서 탱고를 추자고 한 약속은 이제 지킬 수 없겠지만 말이다.

이제 내 오랜 취미생활의 대차대조표를 그려본다. 잃은 것은 돈과 시간이요, 얻은 것은 삶의 에너지, 나에 대한 지식, 풍성한 대화 주제, 그리고 평생의 동반자이다. 이견은 있을 수 있겠으나 내게는 '남는 장사'였다.

나는 여전히 이것저것 배우기를 좋아한다. 하지만 이제는 한 가지를 진득하게 배울 수도 있게 되었다. 연애도 많이 해본 사람이 잘한다더니 취미생활도 그랬다.

오랜 방황 끝에 찾은 운동과 심리학 공부는 좀처럼 질리지 않는다. 오히려 나이가 들수록 취미의 소중함을 느끼게 된다. 바쁜 삶 속에서 나라는 존재를 잃지 않고 붙잡을 수 있게 해주는 것, 그것이 취미의 힘이다. 그러니 우울해도 귀찮아도 취미생활만큼은 포기하지 말자.

오늘 내가 죽는다면

• "○○○ 씨가 어제 00세를 일기로 세상을 떠났다. 사망 원인은 교통사고이며, 유족은 남편과 딸이다."

사람들 앞에서 내 부고 기사를 읽는 건 묘한 경험이었다. 고인이 된 내가 살아서 어떤 일을 했는지, 어떤 업적을 남겼는지, 인품은 어땠는지 객관적으로 설명하기란 쉽지 않았다. 타인의 시선으로 본 나는 너무나도 평범했다. 이렇다 할 부도 명예도 업적도 없었다. 만일 내가 오늘 당장 죽는대도 세상은 아무 일 없이 굴러갈 게 분명했다.

이번엔 내 장례식장에 온 사람들에게 하고 싶은 말을 전했다. 가족들에겐 사랑한다는 말을, 친구들에겐 고맙단 말을, 미처 소식을 전하지 못한 사람들에겐 미안하다는 말을 남겼다.

사람들은 모두 이 대목에서 눈물을 쏟았다. 부고 기사를 읽을 땐 담담하던 사람도 유언장을 읽을 땐 울먹거렸다. 끝내 낭독을 마치지 못하는 사람도 있었다. 남 앞에서 눈물을 보이는 걸 싫어하는 나도 덩달아 울컥해졌다. 가짜인 걸 알아도 사는 동안 주변 사람에게 더 잘하지 못한 게 미안하고 아쉬워 그만 가슴이 먹먹해졌다.

이 모임을 주관한 선생님은 매년 유언장을 고쳐 쓴다고 했다. 한 해 한 해가 내 마지막 해인 것처럼 후회하지 않는 삶을 살고 싶다는 게 그 이유였다. 하지만 후회 하나 남기지 않고 죽는 사람이 있을까.

유언장을 읽는 사람들은 약속이나 한 듯이 "~했었어야 하는데"라는 말을 남겼다. 하지만 많은 돈을 벌었어야 했는데, 좋은 집과 차를 샀어야 했는데, 더 유명해졌어야 했는데, 같은 말은 없었다. 사랑한다는 말을 했어야 했는데, 더 자주 만났어야 했는데, 그걸 해봤어야 했는데, 라는 말

뿐이었다. 인생에서 진짜로 중요한 건 '소유'보다는 '관계'나 '경험'이구나 싶은 순간이었다.

《스타벅스에서 철학 한 잔》이란 책에는 이런 구절이 나온다.

'나는 반드시 죽는다는 절대적 명제를 매 순간 기억하는 현존재는 더 이상 내 삶을 무의미한 일로 채울 수 없다고 자각하고, 지금 이 일이 내가 진정 원하는 일인가를 매 순간 물으며, 스스로 원하는 삶의 주인으로 거듭나게 된다.'

죽음 앞에서 삶은 놀랍도록 단순해진다. 한정된 시간 안에선 무엇이 중요한지가 더 또렷해지기 때문이다. 내 꿈인지 남의 꿈인지 알 수 없이 뒤섞인 욕망 가운데서 진짜 내 꿈을 가려낼 수 있게 된다. 이렇게 꿈의 가지치기가 이뤄지면 일상은 가벼워진다. 나를 행복하게 만드는 관계나 경험에만 집중한다. 죽음을 의식할 때 삶이 더 충만하고 아름다워지는 이유다.

사람들은 죽음을 나와 먼 일로만 여긴다. 평범한 사람이 죽음을 처음 마주하는 때는 가까운 누군가가 죽었을 때다. 내게는 그것이 아빠의 죽음이었다. 봄꽃을 좋아하던 아빠는 이제 막 꽃봉오리가 맺히기 시작하던 늦겨울에 돌아가셨다.

한 해 전, 아빠는 색색의 봄꽃 사진을 찍어 보내며 "내년 봄에도 이 꽃을 보고 싶다"고 했었다. 누구도 몰랐지만 그게 아빠의 마지막 봄이었다.

동생이 떠난 것도 늦겨울이었다. 관 속에 누워 있는 동생은 꼭 살아 있는 것 같았다. 야윈 두 볼에 내 손을 갖다 대었다가 차가운 감촉에 놀라 손을 떼고 말았다. 죽음이 손끝에 생생히 만져지던 순간, 머리로만 알던 명제가 가슴에 와 부딪혔다. 삶은 유한하다. 나도 언젠간 죽는다. 어쩌면 우리는 모두 시한부다. 태어나는 순간부터 매일 죽음에 가까워지고 있다. 언제 죽을지 모를 뿐이다. 어쩌면 이번 봄이 내 생애 마지막 봄일 수 있다.

죽음을 가깝게 느끼면서부터 내 삶은 조금씩 달라졌다. 언제 끝날지 모르는 이 삶이, 그래서 더 소중하게 느껴졌다.

즐거우면 즐거운 대로, 슬프면 슬픈 대로 매 순간에 머물러 더 깊이 느끼게 되었다. 무언가를 선택할 때 예전만큼 오래 걸리지 않았다. 고민할 시간도 아깝다는 생각이 들었다.

꿈의 가지치기를 해보았다. 오늘 당장 죽는다 해도 포기할 수 없는 꿈이 무엇인지 고르고 또 골랐다. 마지막까지 남은 나의 꿈은 가족과 더 많이 사랑하는 것, 꼭 해보고 싶었던 심리학 공부를 하는 것이었다.

이 두 가지 꿈에 더 자주, 더 오래 머물기로 했다. 특별할 건 없었다. 퇴근 후 30분이라도 아이와 제대로 놀아주고, 일주일에 하루 가족과 나들이를 다녀왔다. 일 년에 두 번씩은 시간을 내어 가족 여행도 갔다. 가족과 함께하는 시간엔 마치지 못한 다른 일에 대한 걱정은 접어두고 온전히 함께 있으려고 애썼다. 그렇게 하루하루 추억이 쌓이면 연말에 그 해의 가족 앨범을 만들었다. 책장에 앨범이 한 권 두 권 꽂힐 때마다 부자가 된 듯이 마음이 든든했다.

대학원에 진학해서 늘 하고 싶던 심리학 공부도 시작했다. 나를 성장시킬 좋은 기회가 있으면 몇 달을 투자해서라도 배웠다. 좋아하는 책을 읽고 글도 썼다. 이 두 가지 꿈에만 집중하니 정신없이 바쁘게 살 때보다 오히려 삶의 만족감은 높아졌다.

　죽음을 의식하며 얻은 또 하나의 선물이 있다. 소유에 대한 집착에서 조금씩 자유로워진다는 것이다. 예전엔 SNS를 보며 부유해 보이는 인플루언서와 나를 끝없이 비교했었다. 이것도 갖고 싶고 저것도 갖고 싶었지만 돈과 시간이 부족했다. 단지 조금 덜 가진 것뿐인데 내가 제대로 살고 있는 걸까 하는 의구심마저 들었다.

　그런데 따라 사기를 멈추니 인생에 대한 불만이 줄어들었다. 마치 끝 모르고 부풀어 오르던 욕심이란 풍선에 '쉭' 하고 바람이 빠져버린 것 같았다. 어차피 죽을 땐 내가 가진 어떤 것도 갖고 갈 수 없는데 더 가져서 무엇 하나 하는 생각이 들었다. 물론 아직도 나는 미니멀리스트보단 맥시멀리스트에 가까워서 이 글을 보는 내 주변 사람들은 피식 웃을지도 모르겠다.

　전 세계 '죽음의 질' 순위에서 1위를 했다는 영국에는 매년 5월 '죽음 알림 주간(Dying Matters Awareness Week)'이라는 게 있다. 이 기간에는 죽음을 삶의 자연스러운 일부로 받아들이자는 의미에서 각종 행사가 열린다고 한다. 또 '데스 카페(Death Cafe)'란 공간이 있어 죽음에 대해 언제든 거리낌 없이 이야기한다고 들었다. 영국 사람들은 이런 시간과 공간에서 죽음과 삶을 동전의 양면처럼 생각하는 법을 배우고 있을 것이다. 영국 사람들이 처음으로 부러웠다.

하지만 죽음에 대한 생각을 바꾸는 건 혼자서도 할 수 있다. 나는 예전보다 죽음에 대해 자주 생각하고 주변 사람들과도 죽음에 대해 종종 이야기를 나눈다. 함께 이야기하기 시작하면 죽음은 더 이상 두려움의 대상이 아니다. 오히려 언제든 죽음이 찾아올 수 있으니 서로 더 자주, 더 오래 함께 하자고 다짐하게 된다. 그렇게 죽음은 오늘의 내 삶을 더 행복하게 해준다.

2장

나를
좋아하기로
합니다

쓸모없지만 사랑스러운 존재

• 생각 없이 시간을 흘려보내는 걸 좋아하지 않는다. 신혼살림으로 산 TV를 고민 끝에 환불받은 것도 소파에 앉아서 하릴없이 리모컨을 누르며 채널을 돌리는 게 싫어서였다. 모처럼의 휴일에도 늦잠을 자면 온몸이 찌뿌둥해진다. 쉬는 날에도 미리 세운 계획대로 살아야만 오늘 하루 잘 살았구나 싶은 기분이 든다. 여행을 가도 숙소에서 편히 쉬기보다 조개 캐기, 과일 따기처럼 뭐든 소득이 있는 편을 선호한다. 한 번에 몇 가지 일을 처리하는 건 기본이다.

이렇게 효율과 능률을 따져가며 부지런을 떠는 게 아무래도 내 천성인 것 같다. 하지만 그런 부지런함이 지나쳐서 필요 이상의 노력을 할 때도 있다.

어린 시절 나는 심부름시키기 딱 좋은 아이였다. 무엇이든 시키면 불평 없이 곧잘 해냈다. 하지만 오밤중에 계란이나 연탄을 사오라는 심부름만큼은 정말 하기 싫었다. 가게에 가려면 가로등도 없는 어두컴컴한 길을 지나 백 개도 넘는 계단을 오르내려야 했기 때문이다. 그런 날은 대문을 열자마자 크게 심호흡을 하고는 단숨에 가게를 향해 달음질치곤 했다.

학교에선 몇 년 동안이나 미화부장을 맡았었다. 좋아서한 게 아니라 시켜서 한 것이었다. 요즘은 어떤지 모르지만그 시절 미화부장은 화단 돌보는 일부터 교실 앞뒤 게시판을 꾸미는 일까지 교실 꾸미는 일을 전담했다. 차마 친구들에게 도와달라는 말은 못하고 혼자 끙끙거렸던 기억이 난다. 그런데도 선생님들은 매년 인수인계라도 하는 건지 꼭나한테만 미화부장을 맡겼다.

어른이 되어서도 사정은 달라지지 않았다. 이상하게도자꾸 내 일의 가짓수가 늘어났다. 누군가가 정확히 내게 일을 부탁한 적도 있었지만 인사이동이 있을 때마다 은근슬

쩍 새로운 일이 넘어왔다. 어느 날 정신을 차리고 보니 처음의 두 배가 넘는 일을 하고 있었다. 한계에 부딪힌 기분이었지만 불평 없이 꾸역꾸역 일을 해냈다. 선배들은 "역시 고유야" 하고 칭찬하며 하나씩 일을 더 주었다. 칭찬에는 묘한 중독성이 있었다. 한동안 칭찬을 못 받았다 싶으면 일할 맛이 나지 않고 슬럼프에 빠졌다.

남보다 잘한다고 인정받고 싶은 것도 있었지만, 진짜 듣고 싶은 말은 사실 이 말이었다.

"당신은 쓸모 있는 사람이에요."

늘 어딘가에 소속되지 못한 채 겉도는 느낌을 받았던 나에게는 '쓸모 있는 사람'이 되는 게 무엇보다 중요했다. 집이든 학교든 회사든 쓸모 있는 사람이 되어야만 내 자리가 생길 것 같았다. 그래서 안 해도 될 노력을 하고, 싫어도 싫다고 말하지 못했다. 이제 와서 생각해보니 책임감 있는 사람만 되어도 충분했다. 할 수 없는 일엔 적당히 선을 긋고 할 수 있는 일에만 최선을 다했어도 되었다. 그런데도 남의 눈을 신경 쓰느라 정작 내 마음을 살피지 못했다.

쓸모 있는 사람이 되고 싶다는 내 욕망은 남편을 만나고서야 종지부를 찍었다. 신혼 시절, 나는 집에서도 마음 편히 쉬지 못했다. 남편이 집안일을 하면 안절부절 못하며 그 곁을 맴돌았다.

"(남편이 물어보지도 않았는데) 나 안 놀았어. 나도 핸드폰으로 장보고 있었어."

"놀아도 돼. 더 열심히 놀아. 오늘 고생 많았잖아."

"……그럼 내가 쓸모없는 사람 같잖아."

"사람이 쓸모 있고 없고를 누가 판단해? 애초에 쓸모 같은 건 있을 필요가 없어."

'쓸모 같은 건 있을 필요가 없다'니! 나는 남편의 말에 큰 충격을 받았다. 그렇다면 나는 지금까지 뭘 위해 노력한 거지? 아무런 쓸모가 없어도 여기 있어도 된다는 건가? 내 인생을 지배한 비합리적 신념은 그렇게 한순간에 사라졌다. 방금 자신이 얼마나 엄청난 말을 한 건지도 모르는 남편은 태연하게 설거지를 계속했다.

생각해보니 세상엔 쓸모없지만 사랑스러운 것들이 많았

다. 사람만 보면 쏙 숨어버리는 길가의 아기고양이부터 동네 문방구 앞의 조악한 장난감들, 오래된 벽돌집 담벼락에 피어난 소담한 꽃들, 가게 문을 열면 맑게 퍼지는 풍경소리까지. 아무런 쓰임새나 기능 없이 존재만으로 기쁨을 주는 것들을 차례차례 머릿속에 떠올렸다. 그리고 그 목록의 끝에 조심스럽게 나도 추가해보았다. 어쩐지 쑥스러웠다.

사실은 늘 쓸모없는 사람이 되고 싶었다. 정확히 말하면 노력하지 않아도 있는 그대로의 나로 환영받을 수 있는 장소가, 내게도 하나쯤 있었으면 했다. 그런 곳이 있다면 그곳을 내 마음의 '베이스캠프'라 불러도 좋을 것이다.

베이스캠프는 등산을 할 때 더 높은 곳에 오르기 위한 전진기지다. 등반가들은 베이스캠프에서 힘을 비축하고 식량을 채워 길을 떠난다. 산을 오르다 힘든 순간을 맞이하면 다시 베이스캠프로 돌아와 재충전을 한다.

내게 베이스캠프는 늘 어떤 장소의 이미지였다. 그런데 지나고 보니 베이스캠프는 장소가 아니라 사람이었다. 내게는 남편 이외에도 베이스캠프가 되어주는 사람들이 몇 있다. 십 년째 만나온 나의 상담 선생님도 그 중 하나다. 얼마 전 만난 상담 선생님은 나를 보자마자 환하게 웃으시며

두 팔을 벌린 채 기다리셨다. 엄마에게도 그렇게 정답게 안겨본 적이 없었던 나는 잠시 망설이다가 아이처럼 달려가 폭 안겼다. 선생님이 내 등을 두드려주었다. "잘 찾아왔어"라고 말하듯이. 어쩐지 집에 돌아온 기분이 들었다.

나의 베이스캠프가 되어주는 사람들 옆에선 얼마든지 쓸모없는 사람이 되어도 좋다. 아무것도 안 해도 나로서 사랑받을 수 있다는 행복감을 마음껏 누려도 된다.

이제 나도 누군가의 베이스캠프가 되어줄 수 있을 것 같다고 생각한 어느 날이었다. 저녁 무렵 놀이터에서 놀고 있는 아이를 지켜보고 있었다. 비슷한 또래들 사이에서 유독 내 눈에만 빛나 보이는 아이를 열심히 눈으로 쫓았다. 아이는 까르르 웃으며 뛰어가다가 미끄럼틀 뒤에 숨었다가 그네에 앉아 발을 굴렀다. 그 모습이 너무 사랑스러워서 나도 모르게 자꾸만 웃음이 났다. 내 시선이 느껴졌는지 아이가 뒤를 돌아보았다. 눈이 마주친 순간 아이는 알아차린 것 같았다. 자신이 어디에 있든 엄마는 계속 나를 지켜보며 웃고 있었다는 걸.

내가 반갑게 손을 흔들자 아이가 햇살처럼 환하게 웃으며 쪼르르 달려온다.

"엄마, 사랑해요."

뽀뽀를 쪽 해주곤 곧바로 돌아서 친구들 곁으로 달려갔다. 아아, 다행이다. 내가 너의 베이스캠프가 되어줄 수 있어서.

나만의 위로 세트가 필요해

• 누군가를 좋아하는 이유는 못 찾아도 싫어하는 이유는 백 개쯤 댈 수 있다. 사람이 싫어지면 그의 모든 말과 행동이 거슬리니까.

어제까지 무심히 지나치던 말투도, 평범한 습관도, 밥 먹는 태도도 싫어진다. 쉽게 지나칠 일도 그가 하면 트집 잡고 싶어지고, 생각 없이 내뱉은 말에도 나쁜 의미가 숨어 있을 것 같다. 그는 신경 쓰지 않는데 나만 온종일 그를 의식하며 레이더를 세운다.

사람을 미워하는 데는 생각보다 많은 시간과 에너지가 든다. 그러니 누군가를 미워하는 건 사실 나만 손해다.

싫은 마음이 들 때면 작은 극장에 있는 내 모습을 떠올린다. 무대 위에서 화내고 우는 나를 객석의 내가 지켜보는 것이다. 그렇게 내 감정에 몇 발짝 거리를 두고 보면 기분이 절로 나아지는 때가 있다.

할 수만 있다면 조용히 혼자 있을 수 있는 장소로 자리를 피해 잠깐 명상을 해보기도 한다. 오래전 인도 여행을 갔을 때 불교 수행법 중 하나인 '위빠사나 명상(Vipassana Meditation)'을 배웠다. 이 명상은 묵언 수행을 하며 내 들숨과 날숨에만 집중하는 호흡 명상법이다. 가부좌를 틀고 앉아 코로 들어오고 나가는 숨에 집중하다보면 여러 생각과 감정이 밀려든다. 그때는 내 몸과 마음의 변화를 알아차리되 그 변화에 반응하지 않는다. 날뛰는 감정을 애써 무시하며 평정심을 되찾자는 게 아니라 의식의 수면 위로 떠오른 감정들을 하나하나 느끼고 도로 놓아주자는 것이다. 그러면 내 마음을 존중하면서도 일렁이는 감정에 휘둘리지 않을 수 있다. 한국에 돌아와서도 종종 이 명상을 하며 내 마음을 다스린다.

이렇게 해도 싫은 마음이 달래지지 않을 땐 뭔가 기분이 나아질 만한 방법을 찾아 나선다. 이를테면 '나만의 위로 세트' 같은 것.

일본 작가 요시타케 신스케의 그림책《이게 정말 마음일까》에는 속상한 마음이 들 때 언제든 나를 위로할 수 있는 '위로 세트'에 대한 이야기가 나온다. 얼굴을 비빌 수 있는 포근한 인형이나 이불, 한 입만 베어 물어도 기분이 좋아지는 과자, 키득키득 웃으며 읽을 수 있는 책, 틀어만 두어도 힐링이 되는 음악, 온몸을 푹 담글 수 있는 따끈한 목욕물 같은 것들이다. 이런 것들은 불쾌한 감정을 털어내고 기분 좋은 일에 집중하도록 돕는다.

종이와 펜을 꺼내어 내가 좋아하는 것들을 떠올려봤다. 낮이든 밤이든 집이든 회사든 자동차 안이든 언제 어디서나 바로 기분이 좋아질 수 있도록 내가 사랑하는 것들을 곳곳에 심어두기 위해서다. 곰곰이 생각해보니 사실은 내게도 이미 나만의 위로 세트가 있었다.

어디서든 할 수 있는 가장 손쉬운 위로는 혼잣말이다. 나는 "잘했어", "실수해도 괜찮아", "멋져", "수고했어" 같은 혼잣말을 자주 한다. 이런 말들은 남에게 해주는 것도 좋지만 나한테 해주면 더 좋다.

반대로 나를 잘 모르는 사람이 나에 대해 나쁜 말을 하면 옷에 붙은 먼지를 털어내듯이 손으로 탁탁 털어내는 시늉을 한다. 상대의 말을 내 것으로 받아들이지 않겠다는 의식적인 동작인데 기분을 즉각적으로 바꿔준다.

우울한 기분이 들 땐 좋아하는 동네 단골 카페로 달려간다. 담백한 스콘에 클로티드 크림과 딸기잼을 듬뿍 발라서 입안에 넣으면 "아, 행복해"라는 말이 절로 나온다. 출근하기 버거운 날엔 일부러 일찍 일어나 제대로 운동을 한다. 내 몸의 근육 하나하나를 깨우는 느낌으로 몸을 움직이다 보면 사라져가던 삶의 의욕이 되살아나고 거울 속 내 모습이 왠지 달라 보여서 자신감이 차오른다.

회사에서도 집에서도 무엇 하나 제대로 해내고 있지 못한다는 자괴감이 들 때면 남편과 상의한 후 '엄마 휴가'를 다녀온다. 1박 2일의 휴가를 온전히 나를 위해 쓰고 나면, 나에게 좀 더 너그러워지는 기분이다. 돌아오는 길엔 언제나 스스로에 대한 기대를 낮추고 '완벽한 엄마(회사원)' 대신 '그만 하면 괜찮은 엄마(회사원)'가 되자고 다짐한다.

견딜 수 없이 힘든 일이 생길 땐 뜨개질을 한다. 아무 생각 없이 실과 바늘의 움직임에만 집중하다보면 시간이 무던히 흘러간다. 그렇게 며칠만 지나면 다시 골치 아픈 문제에 매달릴 힘이 생긴다.

돌아보니 나는 꽤 오랫동안 이렇게 내 마음을 살피고 토닥이며 살아왔다. 예전에 상담 선생님이 해주신 말이 기억난다.

"좋아하는 일을 하는 건 이기적인 게 아니에요. 그런 일들을 많이 찾아보세요. 이래서 안 된다, 저래서 안 된다, 하지 말고 나한테 허용적인 사람이 되세요. 고유 씨는 그래도 돼요."

그 말 덕분에 죄책감을 덜어내고 내 마음을 기쁘게 해주는 것을 참 열심히도 찾아다녔다. 그런 하루가 차곡차곡 쌓이며 나와 친해졌다. 기분 좋은 날이 기분 나쁜 날보다 많아졌다.

이렇게 나를 돌보다 보면 남의 마음도 보이는 때가 온다. 나만 힘든줄 알았는데 모두 힘들다는 걸 깨닫게 되는 순간이다. 남의 마음에 공감할 줄도 알게 되고 내 문제에 남 탓을 하듯 남의 문제에도 상황 탓을 할 수 있게 된다. 미워하는 마음은 줄어들고 간장 종지처럼 작던 마음 그릇은 달 항아리처럼 둥글고 넉넉해진다.

그래도 기억할 건 어디까지나 내 마음을 돌보는 게 먼저라는 것. 나를 아끼는 마음이 차고 넘쳐야 다른 사람을 돌아볼 여유가 생기기 때문이다.

나를 대접할 줄 아는 사람

· 회사에서 집으로 가는 지하철을 타려면 으리으리한 백화점을 지나쳐야 했다. 아직 사회 초년생이라 주머니도 가벼웠던 때라 집으로 곧장 가는 게 옳았겠지만 집에 갈 기운조차 없는 날도 있었다. 그런 날이면 백화점 푸드 코트에 들러 아무렇게나 끼니를 때웠다.

하루는 여느 날처럼 푸드 코트의 마감 세일 상품을 둘러보는데 저 멀리 반짝이는 회전초밥집이 눈에 들어왔다. 일식 요리사들이 바쁘게 내어놓는 색색의 접시 위에는 내가 좋아하는 초밥들이 빙글빙글 돌아가고 있었다. 늘 그냥 지나치던 그 가게가 그날따라 자석처럼 나를 끌어당겼다. 홀린 듯이 회전초밥집의 높은 의자 위에 걸터앉았다.

'주문은 어떻게 하는 거지?'

두근거리는 마음으로 메뉴판을 들여다보았다. 난생 처음 가본 회전초밥집은 접시 색깔에 따라 가격을 다르게 매기고 있었다. 메뉴판은 화이트접시로 가볍게 시작하는가 싶더니 블루, 그린, 레드접시로 무게감을 더하고 실버접시와 골드접시로 화려하게 끝을 맺었다. 기승전결이 확실했다. 클라이맥스를 맡은 골드접시는 내 한 끼 도시락보다 두 배는 비쌌다. 회전초밥집은 음식에도 계급이 있다는 걸 보여주는 작은 사회였다.

잠시 방황하다가 화이트접시 위에 올려진 계란말이 초밥으로 소심하게 시작했다. 다음으론 좀 더 용기를 내어 블루접시와 그린접시에 도전했다. 옆 사람들은 아무도 나처럼 접시 색깔에 신경 쓰지 않는 것 같았다. 웃고 떠들며 마음 가는 대로 휙휙 접시를 고르는 것처럼 보였다. 알록달록 접시가 그들 옆에 차곡차곡 쌓여갔다. 그 모습에 괜히 주눅이 든 나는 더 열심히 돌아가는 접시들을 노려보았다. 멀리서 볼 땐 다 똑같아 보였는데 접시 위에 얹힌 초밥들은 모두 달랐다. 계란말이나 캘리포니아롤처럼 소박한 메뉴가 있는가 하면 성게, 전복, 도미처럼 화려한 메뉴도 있었다. 내가 먹고 싶은 건 당연히 골드와 실버 쪽이었지만 가격을 생각하니 선뜻 손이 가지 않았다. 결국 화이트, 블루, 그린으로만 식사를 끝내고 쓸쓸히 의자에서 내려왔다.

집으로 돌아가는 길, 지하철 안의 공기가 왠지 답답하게 느껴졌다. 사람들이 자꾸 몸을 부딪혀오는 게 불쾌했다. 엘리베이터는 또 왜 그리 늦는 건지. 쿵쾅거리며 현관문을 열고는 신발을 바닥에 벗어던졌다. 침대에 털썩 드러누워 천장을 바라보는데 난데없이 천장 위에 도미머리조림이 둥둥 떠다니는 것이었다.

'아, 이거였구나. 나 도미머리조림이 먹고 싶었네!'

자작한 간장 소스에 두툼하게 썰린 무와 함께 뭉근하게 졸여진 단짠단짠 도미머리조림. 그걸 못 먹어서 이렇게 화가 난 거구나. 뒤늦은 깨달음이 찾아왔다. 당연한 이야기지만 도미머리조림은 골드접시였다.

다음 주에 나는 비장한 얼굴로 다시 회전초밥집을 찾았다. 이제는 조금 익숙한 자세로 높은 의자에 올라 앉은 다음 쉴 새 없이 돌아가는 접시들을 마주했다. 모두 맛있어 보였지만 내 목표는 하나뿐이었다. 골드접시에 담긴 도미머리조림! 바로 그 도미머리조림이 멀고 먼 길을 돌아 내 앞에 온 순간 망설임 없이 접시를 낚아챘다.

곧바로 젓가락을 대진 않았다. 지난 일주일 간 기다린 요리를 찬찬히 살펴보며 빛깔과 재료와 향기를 고스란히 느끼고 싶었다. 젓가락으로 생선살을 조심스레 발라내어 입에 넣고 천천히 맛을 음미했다. 오래 정성들여 익힌 게 분명한 깊은 맛이었다.

입안의 도미가 나에게 다정한 위로를 건네는 듯했다. 그저 대충 한 끼 해결하는 것이 아니라 오늘 하루 고생한 나를 다독이며 제일 좋은 것으로 보상받는 느낌이었다. 그날은 한 접시로만 저녁식사를 끝냈다. 그걸로 충분했다.

'나를 대접한다'는 말의 의미에 대해서 생각해본다. 꼭 비싼 걸 많이 먹지 않아도 진짜로 먹고 싶었던 것을 천천히 음미하며 먹다 보면 내가 나를 제대로 대접하고 있다는 느낌이 든다.

사실 맛있는 음식보다 더 위로가 되는 게 그 대접받는다는 느낌이다. 위로가 필요한 날은 내 마음을 찬찬히 들여다보며 내가 가장 원하는 것으로 위로를 해준다. 나에게 조금 더 다정해지려는 마음, 그 자체가 위로이다.

왜 그런지 남에게 살뜰한 사람도 자신에겐 인색할 때가 많다. 상대가 힘들어할 때면 "어디 가고 싶어?", "뭐 먹고 싶어?"라고 물어보면서 왜 자신에게는 물어보지 않을까. 상대를 위해선 큰돈도 잘 쓰면서 왜 자신에게는 작은 돈도 아까워할까.

그래서 나는 나를 대접하기로 했다. 시간이 날 때마다 혼자 맛있는 걸 먹으러 다녔다. 나중엔 일부러 시간을 내고 계획을 짜서 '나와의 데이트'를 했다. 누구와 언제 무슨 약속을 하든지 나와의 데이트 약속이 1순위였다. 친구와 약속 시간이 겹치면 "선약이 있어서 어렵다"고 말하기도 했다.

나와 하는 데이트의 장점은 언제든 시간을 낼 수 있다는 것이다. 시간을 내는 일은 정기적이면 더 좋다. 매주 혹은 매달 시간을 내어 나와 만난다면 굳이 '나를 찾아 떠나는 여행' 같은 건 안 가도 된다. 일상을 낯설게 바라보는 법만 연습해도 먼 타국까지 갈 필요가 없다.

나와의 데이트에는 정해진 규칙도 없다. 그냥 멍하니 있는 것도 좋고, 목욕을 해도 좋고, 명상을 해도 좋다. 책을 읽으며 뭔가를 끄적거려도 좋다. 그때그때 내 마음이 가장 원하는 것에 귀를 기울인다. 무엇이든 내 마음을 돌보고 챙기는 데 도움이 되는 거면 다 괜찮다. 단, 공간은 어느 정도 분리하는 편이 좋다. 집 안의 잘 쓰지 않는 작은 방, 단골 카페, 공원처럼 누구에게든 방해받지 않고 혼자 있을 수 있는 공간을 정해둔다. 거기서 남의 요구를 채우느라 받은 스트레스를 비워내고, 오롯이 내 마음을 토닥인다.

《자발적 고독》이란 책에는 "누구나 자신만의 '뒷방'을 가져야 한다"는 프랑스 철학자 몽테뉴의 말이 나온다.

뒷방이 뭔지 모른다면 옛날 동네 슈퍼를 떠올려보자. 그 시절 동네 슈퍼에는 물건을 진열해 놓은 가게 뒤로 조그만 단칸방인 뒷방이 딸려 있었다. "계세요?" 하고 주인을 부르면 뒷방 미닫이문이 드르륵 열리며 할머니가 빼꼼히 고개를 내밀었다. 가게는 손님들이 드나드는 장소지만 뒷방은 살림살이가 있는 장소다. 겨우 문 하나를 사이에 두고 공적인 공간과 사적인 공간이 확연히 나뉜다.

몽테뉴의 뒷방은 '시간적·공간적 거리두기'를 말한다. 내 삶에서 타인의 존재가 차지하는 비중을 적절히 조절하고 '자기에게 다가가기' 위하여 남들과 적당한 거리를 두자는 것이다. 그래서 이 뒷방에선 일도 하지 않고 타인을 돌보지도 않는다. 오직 나와 대화하며 내 마음을 돌볼 뿐이다.

그렇다고 타인에 대한 관심을 영영 거두는 건 아니다. 오히려 함께 잘 살기 위해 타인과 잠시 거리를 두고 내 마음을 챙기는 것이다. 때가 되면 언제든 다시 문을 열고 사람들과 어울린다. 몽테뉴의 이 뒷방 비유가 나는 꽤 마음에 들었다. 내가 나로서 살아가는 것도 중요하지만 사람들과 함께 어울려 살아가는 것도 중요하니까.

살면서 어떤 날들은 일부러 혼자 있는 것보다 함께 있는 편을 택했다. 사는 게 너무 큰 고통으로 느껴질 때였다.

동생이 세상을 떠난 후에는 한동안 혼자 있질 못했다. 나 혼자 방에 있으면 스멀스멀 나쁜 생각이 피어올랐다. 부정적인 감정에 잡아먹히지 않으려면 낮이든 밤이든 누군가 곁에 있어야 했다. 하지만 어느 정도 우울에서 빠져나왔을 땐 슬슬 다시 혼자 있는 걸 연습했다. 조금씩 나와의 시간을 늘려가며 내 마음의 중심을 단단히 세웠다. 홀로 있을 때 온전치 못한 사람은 타인과 함께 있어도 온전할 수 없다고 믿기 때문이다.

어쩌면 인생은 이렇게 혼자 있기와 함께 있기 사이에서 적절한 균형을 잡아가는 과정인지도 모른다. 시작은 아슬아슬하게, 점점 더 안정적으로 우리는 균형을 잡게 될 것이다.

의무감은 잠시 내려놓을게요

• 매주 일요일 저녁 8시에 걸던 안부 전화를 끊었다. 시댁에 먼저, 친정은 나중에 매주 숙제처럼 걸던 전화를 그만두려니 불안했다. 그런데 이상하다. 안 하면 큰일이라도 날 줄 알았는데, 아무 일도 일어나지 않았다. 이게 뭐라고 몇 년 동안 그렇게 스트레스를 받았을까.

"전화 좀 자주 하라고 볼 때마다 잔소리를 하셔. 할 말도 없는데…"

먼저 결혼한 친구들이 만날 때마다 하는 이야기가 '안부 전화' 스트레스였다. 어느 집 시아버지는 근무 시간에도 수시로 전화를 하신다고 했다.

친구들이 또 속상해했던 건 이런 안부 전화가 '며느리'에게만 강요된다는 사실이었다. 시부모님은 며느리의 전화를 당연한 걸로 여기지만 친정 부모님은 사위의 전화를 고마워한다. 며느리는 '우리 집 사람'이란 인식이 있지만, 사위는 '백년손님'이라 그렇다고 했다.

사정이 이렇다 보니 남편과 결혼하기 전부터 원칙을 정했다. '일요일 저녁 8시는 양가 부모님께 전화를 하는 시간'이라고. 우리가 끝까지 지킬 수 있는 주기로 양가에 공평하게 전화를 하기로 하고, 몇 년 동안 꾸준히 그 원칙을 지켰다. 심지어 해외여행을 갔을 때도 같은 시간에 전화를 걸었다.

매주 전화를 하는 일은 생각보다 부담이 됐다. 한 주간 한 일을 보고하듯 이야기하고 날씨 이야기, 건강 이야기를 하고 나면 화제가 똑 떨어졌다. 그런데도 전화를 끊지 못하고 삼십 분쯤 통화를 하고 나면 진이 쏙 빠졌다.

어느새 일요일 저녁은 생각만 해도 속이 울렁거리는 시간이 되었다. 개학을 앞두고 밀린 방학숙제를 하는 아이 같은 기분이랄까.

부모들이 간절히 기다리는 안부 전화가 자식들에게 이토록 스트레스가 되는 이유가 뭘까.

부모 세대에겐 안부 전화가 곧 관심과 사랑이다. 왜 전화를 안 하냐는 원망 속에는 '너희가 내 생각을 안 하는 것 같아 섭섭하다'는 속마음이 담겨 있다. 사랑은 '내리사랑'이니 서운한 마음은 커져만 간다. 부모-자식 관계에선 이런 불균형이 필연적으로 일어난다. 부모는 전화를 기다리지만, 자식은 전화를 기다리지 않는다. 자식은 이 불균형 때문에 죄책감을 느낀다.

부모 세대와 자식 세대의 관심사가 다르다는 것도 문제다. 30~40대는 부모에게서 정신적으로 경제적으로 독립하여 새로운 가족을 꾸리고 경제활동을 활발히 펼치는 때다. 부모와의 접점은 점점 사라진다. 예전처럼 시시콜콜 일상을 공유하지도 않기에 안부 전화를 해도 공감대가 잘 형성되지 않는다. 그러니 점점 부모님께 전화하는 것 자체가 부담스러워진다.

반면, 50~80대의 부모에게는 관계가 무엇보다 중요하다. 가족을 포함한 주변 사람들과의 관계에서 삶의 의미를 찾는 경우가 많다. 자식과의 관계는 그중 가장 중요한 관심사다. 자녀의 일상을 관찰하는 예능 프로그램인 〈미운 우리 새끼〉가 부모 세대에게 인기를 누리는 것만 봐도 알 수 있다.

'전화'라는 통신수단 자체가 요즘 세대에게 익숙지 않은 탓도 있다. 친구들과 약속을 잡을 때도, 배달 음식 주문을 할 때도 애플리케이션으로 한다. 돌아보니 나는 남편과 연애를 할 때도 전화를 잘 하지 않았다. 결혼 이후에는 말할 것도 없다. 업무상의 전화를 제외하면 전화를 걸 때는 부모님께 안부 전화를 할 때뿐이다. 그러니 전화가 부담스러울 수밖에 없다.

이런저런 생각을 하다가 이번에야말로 안부 전화를 그만두기로 결심했다. 무엇보다 의무감과 부채감에서 하는 안부 전화는 달갑지 않았다. 정말로 안부가 궁금해서 거는 전화가 아니라 해야 하기 때문에 거는 전화라는 걸 수화기 너머 엄마도 알 터였다. 생각날 때마다 불쑥불쑥 전화를 하던 큰딸이, 결혼을 하고부터 매주 정해진 시간에 전화를 해서 일주일간 있었던 일을 보고하니 모를 리가 없었다. 나도 상대도 즐겁지 않은 안부 전화를 지속할 이유가 없었다.

대신 진짜로 안부가 궁금할 때 전화를 걸기로 했다. 날이 추울 때, 새로운 소식이 생겼을 때, 갑자기 엄마가 생각났을 때 예고 없이 전화를 걸었다.

전화를 거는 빈도는 줄었지만 대화는 생기 있어졌고 화제가 풍성해졌다. 무엇보다 걱정, 기쁨, 그리움 같은 감정들을 공유한다는 느낌이 들었다. 이런 게 진짜 관계 맺기가 아닐까.

안부 전화는 의무가 아니라 즐거움이 되어야 한다. 상대의 일상이 궁금할 만큼 친밀한 관계는 의무감과 부채감만으로는 만들어지지 않는다. 나도 즐겁고, 상대도 즐거워야 한다. 그게 관계의 기본 원칙이다.

물론 부모 입장에선 정기적으로 오던 안부 전화가 끊어지면 섭섭한 마음부터 들 것이다. 하지만 부모 자식 관계는 오늘 내일로 끝날 관계가 아니지 않은가. 더 오래, 더 깊게 이어지는 관계를 위해 의무감보다는 진심이 담긴 대화를 나눴으면 좋겠다.

잘 먹고 잘 자고 잘 쉬면 나을 병

맑은 주말 오후였다. 이대로 시간이 가는 게 아쉬워 나들이를 가기로 했다. 아이와 나는 차 뒷자리에 앉아 좋아하는 동요를 불렀고 남편은 운전을 했다. 차창 사이로 시원한 바람이 불어들었다. 박하사탕을 입에 문 것처럼 가슴이 개운했다.

나는 차가 덜컹일 때마다 입으로 "슈웅~" 하고 날아가는 소리를 냈다. 아이는 그 소리에 까르르 웃었다. 남편이 그런 우리를 백미러로 훔쳐보며 사랑스럽다는 듯 미소를 지었다. 모든 것이 완벽했다. 적어도 그 순간까지는.

갑자기 길이 막히기 시작했다. 차는 점점 느려지더니 아예 길 위에 멈춰 서버렸다. 안 되겠다 싶어 차선을 바꾸면 다시 그 차선이 멈춰 섰다. 슬슬 짜증이 밀려왔다.

"차선을 왜 자꾸 바꿔. 그러니까 더 느려지잖아."
"여기가 더 밀릴 줄 몰랐지. 더 빨리 가보겠다고 그런 거잖아."

서로의 말투에 가시가 돋쳐 있다는 게 느껴졌다. 여기서 한 발 더 나가면 싸운다, 차라리 입을 닫자, 라고 생각했다. 좁은 차 안에 예고 없이 무거운 침묵이 찾아왔다. 아까와 다른 팽팽한 긴장감이 감돌았다.

"불편해. 안전벨트 풀 거야. 눕고 싶어!"
갑자기 아이가 짜증을 내며 드러누웠다. 안 된다며 일으키니 팔다리를 버둥거렸다. 그 바람에 차가 덜컹 흔들렸다.

"위험해. 가만히 있어!"
아이에게 버럭 소리를 질렀다. 남편에게 꾹꾹 눌러 참은 화까지 실려 목소리가 두 배로 커졌다. 아이는 결국 울음을 터뜨렸다. 즐거웠던 나들이가 한 순간 악몽이 되어버렸다.

아까부터 백미러로 내 눈치를 살피던 남편이 한 마디 툭 던졌다.

"여보, 배고프구나."
"뭐라고?"
"배고파서 기분이 그렇게 나빠졌구나."

어이가 없었다. '어떻게 저런 생각을 할 수 있지'라고 생각했다. 내가 화난 건 어디까지나 차가 막혀서 그런 거였다. 아니, 자꾸 차선을 바꾸는 남편 때문이었다. 아니, 아이가 위험한 행동을 했기 때문이었다. 무엇보다 나는 배고프다고 남에게 화내는 그런 '단순한 사람'이 아니다.

그런데 나는 '그런 단순한 사람'이었다. 겨우 가게에 도착해서 밥 한 숟갈을 뜨는 순간 빠르게 마음의 안정이 찾아왔다. 엉망진창이던 기분이 편안해졌다. 마주 앉은 남편과 아이가 다시 사랑스러워 보였다. 가게 안으로 비치는 햇살마저 따사로웠다.

나도 모르게 "오늘 날씨 참 좋구나"라며 감탄하다가 남편과 눈이 마주쳤다. 그는 고맙게도 은은한 미소를 지어 주었다. 마치 '네가 그렇게 말할 줄 알았다'라는 표정이었다. 내가 배가 고프면 유난히 날카로워지는 사람이라는 걸, 그런 내 기분을 풀어주려면 일분일초라도 빨리 밥을 먹여야 한다는 걸, 남편은 지난 십 년간의 결혼생활로 이미 체득했다. 그래서 그렇게 무리하게 차선을 바꿔가며 빨리 가려 했나 보다.

때때로 나는 주변 사람들보다도 나를 모른다. 내가 화나는 게 내 몸이 보내는 신호 때문인지, 마음이 보내는 신호 때문인지도 헷갈린다. 그래서 그저 배고프고 졸린 것뿐인데 애꿎게 남 탓을 하거나, 마음이 괴로운 것인데 몸이 아프다고 착각해서 병원을 들락거린다. 아직 내 몸과 마음이 보내는 신호를 민감하게 알아차리는 훈련이 덜 되어 있어서 그렇다.

사실 몸과 마음은 서로 연결되어 있어서 따로 떼놓고 생각하기가 어렵다. 그래도 내가 이런 기분을 느끼는 게 몸이 보내는 신호 때문인지, 마음이 보내는 신호 때문인지 알면 내 기분을 다루기가 한층 쉬워진다. 예를 들어 늦은 밤 생각이 자꾸 부정적으로 흐를 때는 졸려서 그런 것일 가능성이 높으니 굳이 버티지 말고 자야 한다. 반대로 회사 일로 스트레스를 많이 받은 날 유난히 어깨가 무겁고 손발이 저리면 지나친 일 생각은 잠시 접어두고 밖에 나가 하늘도 보고 바람도 느끼며 머리를 쉬는 편이 좋다. 이렇게 신호를 잘 알아차리면 적절한 타이밍에 휴식을 취할 수 있다.

휴식은 간단히 말해 잘 먹고 잘 자고 잘 쉬는 것이다. 그런데도 우리는 이 쉬운 휴식의 타이밍을 번번이 놓친다. 외부의 자극에 집중하느라 내부의 몸과 마음이 보내는 신호를 지나치는 것이다.

휴식이 필요하다는 신호를 그냥 넘기지 않으려면 나에게 자주 말을 걸어야 한다. 주변 사람들에게 그렇게 하듯이 "괜찮아?" 하고 물어보는 것이다. 내 몸이 피곤하진 않은지, 내 마음이 힘들진 않은지 자주 살피고 챙겨줘야 한다. 이것도 안 하던 일이니 처음엔 의식적으로 연습을 해야 한다.

나는 아침에 일어날 때마다 침대에 누운 채로 잠시 온몸의 감각을 느낀다. 머리는 비몽사몽하지만 애써 정신을 집중해 어떤 신체 부위에 어떤 느낌이 드는지 하나하나 느껴본다. 숨을 쉴 때 호흡이 불편하진 않은지 목이 잠겨 있지는 않은지도 확인한다. 어딘가 아프거나 기분이 안 좋은 날에는 오늘 하루 무리하지 말아야겠다고 다짐하고 실제로 그렇게 한다. 일부러 적당히 일하고 쉰다.

웬만한 스트레스는 여유 있게 넘기지만 심한 스트레스를 받았다 싶으면 잠시 멈춰서 분위기를 전환한다. 어디든 혼자 있을 수 있는 곳으로 가서 걷기도 하고 주위를 둘러보기도 하고 몸도 쭉쭉 편다. 다시 제자리에 돌아오면 이미 공기부터 달라져 있다.

밤에는 오늘 하루 몸과 마음의 상태를 돌아보고 언제 일어날지를 정해 알람을 맞춘다. 아침에 글을 쓰거나 운동을 하는 편이지만 휴식이 필요한 날엔 일부러 평소보다 늦게 일어난다.

이렇게 일상 속에서 틈틈이 휴식을 취하는 것으로도 회복이 되지 않을 때가 있다. 하루 이틀 일주일 혹은 한 달까지도 쉬어야 하는 때다. 사실 그 정도면 휴식이 필요한 때보다는 슬럼프가 왔을 때라고 보는 게 맞다.

슬럼프는 여러 가지 이유로 찾아온다. 내가 한 단계 성장하기 전 정체기에 올 수도 있고, 지나친 부담감이나 책임감 때문에 마음이 버거운 걸 수도 있고, 환경이 나와 안 맞는 걸 수도 있다. 어쨌든 이런저런 이유로 번아웃(Burnout, 소진)이 오는 것이다. 중간중간 휴식을 취하면 이런 번아웃이 찾아오는 걸 미리 막을 수 있다.

잘 쉬고 나면 눈앞의 문제가 달리 보인다. 문제를 예민하거나 감정적이지 않게 해결할 수 있다. 잘 먹고 잘 자고 잘 쉰 만큼 마음에 여유가 생겨서 그렇다. 나처럼 감정기복이 있는 사람에게는 특히 휴식이 필요하다.

무엇보다 휴식이 좋은 건 나를 쓸데없이 미워하지 않게 된다는 점이다. 내가 화나고 우울하고 불안하고 짜증스러운 것은 나에게 뭔가 문제가 있어서가 아니라 '지금 당장 휴식이 필요하다는 신호구나'라고 생각하게 된다.

그러니 부정적인 감정에 휘둘리는 대신 휴식을 취하자. 어차피 잘 먹고 잘 자고 잘 쉬면 나을 병이다.

마음 근육 만들기

동생이 세상을 떠나고 몇 달간은 아무런 의지도 생기지 않았다. 그저 동생이 생각날 때마다 울었다. 자다가도 울고, 말하다가도 울고, 웃다가도 울었다. 남겨진 추억이 곳곳에서 튀어나오면 다시 그날로 돌아간 것처럼 마음이 무너져 내렸다.

좋은 일이 있어도 속상한 일이 있어도 동생이 생각났다. 언제든 전화를 걸어 이야기할 수 있었던 동생이 사라져버렸다는 게 좀처럼 믿어지지 않았다.

그때는 새벽 다섯 시만 되면 눈이 떠졌다. 아직 따스한 온기가 남아 있는 이불을 젖히고 아이가 깨지 않도록 조심

조심 몸을 일으켜 침대에서 내려왔다. 맨발로 거실을 가로질러 베란다 창문 앞에 섰다. 스산한 밤기운이 얇은 잠옷을 뚫고 들어와 뼛속까지 스며들면 매일 똑같은 생각을 했다.

'얼마나 추웠을까, 얼마나 외로웠을까, 얼마나 무서웠을까. 미안해. 곁에 있어주지 못해서 정말 미안해.'

그렇게 한참을 얼어붙은 듯 서 있다가 아침을 맞았다.

몇 달을 그렇게 흘려보내고 나니 비로소 정신을 차려야겠단 생각이 들었다. 무작정 운동부터 시작했다. 사실 운동은 그저 핑계였다. 운동을 하는 순간만큼은 딴 생각을 하지 않을 것 같았다. 내가 나란 걸 견딜 수 없어서 그저 뛰었다. 숨이 턱 끝까지 차오르면 나라는 사람조차 잊어버릴 수 있었다.

현실로부터 도피하는 건 나쁘지만 운동으로 도피하는 건 괜찮다. 적어도 몸을 움직이는 동안은 쓸데없는 생각이나 감정에서 자유롭기 때문이다. 내가 잠시 부재하는 사이에 마음은 상처를 치료할 시간을 벌고 몸은 고통을 이겨낼 힘을 모은다.

한 달, 두 달, 세 달, 시간이 흘렀다. 내 인생에 이렇게 운동을 꾸준히 해보긴 처음이었다. 비가 와도 눈이 와도 바람이 불어도 운동을 하는 내가, 나도 신기했다. 그 시간의 보답인지 몸이 조금씩 탄탄해지는 게 느껴졌다. 예전엔 피곤하다는 말을 달고 살았는데 기초체력이 생겼는지 쉽게 지치지 않았다. 변화가 눈에 보이니 운동이 차츰 재미있어졌다. 내 몸을 통제할 수 있다는 생각이 들자 마음도 어찌 해볼 수 있겠다는 자신감이 생겼다. 드디어 길고 긴 터널 밖으로 한 발을 뗀 기분이었다.

어느 날 옷을 갈아입다가 배에서 복근 비슷한 걸 발견했다. 이 나이를 먹도록 나한테 복근이 있을 거라곤 한 번도 생각해보지 않았던 터라 깜짝 놀랐다. 보일 듯 말 듯했지만 몇 번을 다시 봐도 복근이었다. 트레이너는 "복근 운동을 안 해도 복근이 생기나요?"라는 내 질문에 웃으며 이렇게 대답했다.

"어머, 모르셨어요? 누구나 복근이 있어요. 체지방에 덮여서 안 보일 뿐이죠."

엉뚱한 생각이 들었다. '모든 사람에게 숨겨진 복근이 있다면 숨겨진 마음 근육도 있지 않을까'라는 생각. 지극히 나다운 생각이었다.

흔히들 마음 근육 하면 '회복탄력성(Resilience)'이라는 말을 떠올린다. 이 회복탄력성은 실패하고 좌절해도 다시 일어서는 힘이다. 회복탄력성이 좋은 사람은 밑바닥을 치고 더 높은 곳까지 튀어 오른다. '외상 후 스트레스장애(PTSD)'가 아니라 '외상 후 성장'을 이뤄내는 것이다.

이제껏 내게는 이 회복탄력성이란 게 없는 줄로만 알았다. 나는 시련을 겪을 때마다 부서지고 무너지고 깨져서 꽤 오래 쓰러져 있는 타입이었기 때문이다. 그런데 처음으로 희망이란 게 보였다. 운동을 하면 몸의 근육이 붙듯이, 연습하면 마음 근육도 생길 것 같았다.

다음 궁금증이 생겼다. 대체 마음 운동은 어떻게 하는 걸까.

심리학엔 이미 답이 있었다. 《멘탈 휘트니스 긍정심리 프로그램》이란 책에는 '몸을 위한 신체적 휘트니스, 마음을 위한 멘탈 휘트니스'라는 말이 나온다. '멘탈 휘트니스(Mental Fitness)'라니 이거야말로 내가 생각하던 책이다 싶어 반가웠다.

운동 유튜버처럼 친절하게 마음 운동법을 알려주는 책이길 기대하며 빠르게 책장을 넘겼다. 하지만 책은 내 기대와 달랐다. 부부 심리학자인 저자들은 "멘탈 휘트니스에서는 형식적인 기술이 아니라 암묵적인 기술을 다룬다"고 설명했다. 멘탈 휘트니스는 자전거 타기와 비슷해서 (타인의) 말로 전수받는 기술이 아니라 (나의) 훈련을 통해 몸에 배는 기술이라는 것이었다.

처음엔 아쉬웠지만 다시 생각해보니 맞는 말이었다. 누구에게나 통하는 천편일률적인 마음 운동법이 있다고 말하는 건 자기계발서뿐이다. 하지만 그렇게 많은 자기계발서를 읽었어도 내 삶은 달라지지 않았다. 책에 나온 방법을 그대로 따라 해도 시간이 지나면 자연스레 소홀해져서 예전으로 돌아갔다. 게을러서 그런 탓도 있겠지만 내 삶에서 나온 깨달음이 아니었기 때문이다. 내 안에서 나오지 않은 어떤 것도 나를 바꾸지 못했다.

그래서 내 몸에 맞는 운동 루틴을 짜듯이 내 마음에 맞는 마음 운동법을 스스로 만들어야겠다는 결론을 내렸다.

운동 루틴을 짤 때는 전신 운동도 하지만 상체 운동이나 하체 운동처럼 내 몸에 근력이 부족한 부위를 집중적으로 운동하기도 한다. 마음 운동을 할 때도 나에게 부족한 부분을 단련하겠다는 목표를 세워보기로 했다. 우선 회복탄력성을 기르는 것을 목표로 삼아 몇 가지 과제를 정했다. 죽음과 사후에 대한 책을 찾아 읽는 것, 동생이 아끼던 친구들을 만나 함께 동생을 추억하고 애도하는 것, 동생의 묘지에서 하고 싶은 말을 모두 해보는 것, 그러고도 다 하지 못한 이야기는 이 책에 담는 것이었다.

이런 과제를 차례차례 해나가는 동안 여기까지 왔다. 어둠에서 밝음으로 날마다 가까워졌다.

마음 운동에는 정해진 목표나 과제가 없다. 그저 지금의 내 마음에 가장 필요한 것을 목표와 과제로 정하고, 매일 도전하고 실패하고 고치기를 반복하며 나에게 최적화된 운동법을 찾으면 된다.

운동은 습관이 잡혀도 매일매일 하기 싫은 마음과 싸워야 한다. 그래도 운동을 계속하는 이유는 기초체력이 탄탄해지기 때문이다. 기초체력이 쌓이면 어지간한 일을 해도 쉬이 지치지 않는다. 마음 운동도 마찬가지다. 매일 의식적으로 마음을 단련하면 조금씩 마음이 튼튼해진다. 나는 이제 작은 충격에는 예전처럼 마음이 산산이 부서지지 않는다. 잠시 흔들렸다가 다시 제자리로 돌아온다.

운동을 하며 좋았던 건 내 몸을 예전보다 사랑하게 되었다는 점이다. 날마다 변하는 내 몸을 꼼꼼히 살피니 조금이라도 더 좋은 걸 먹고 몸을 움직이려고 노력하게 되었다. 마음 운동도 그랬다. 내 마음을 건강하게 해줄 수 있는 좋은 관계, 좋은 생각, 좋은 행동을 가까이 하게 되었다.

언젠가부터 그런 믿음이 생겼다. 오늘의 나보다 내일의 내가 나를 더 사랑하고 있을 거라는 믿음. 적어도 운동을 계속하는 한 그럴 것이다.

순도 100%의 불행은 없다

　•실연의 상처로 울던 여주인공은 한밤중에 냉장고를 뒤져 양푼 가득 밥을 비빈다. 입이 터져라 밥을 욱여넣는 그 모습에선 마음의 허기로만 볼 수 없는 어떤 동물적 배고픔이 느껴진다. 그래, 아무리 슬퍼도 배는 고프고 비빔밥은 밤에 먹는 게 더 맛있다.

　웃기려고 작정한 드라마라지만 저 장면만은 지극히 현실적이었다. 어떤 사람도 깨어 있는 내내 울 수는 없다. 먹고 자고 숨을 쉬듯 울음 사이에도 웃음이 끼어든다. 삶은 그렇게 이어진다. 가까이서 보면 비극이어도 멀리서 보면 희극이다.

그 겨울, 장례식장 손님들이 돌아가고 자리에 누웠다. 뜨뜻한 장판에 몸을 뉘이니 금세 노곤해지는 기분이 들었다. 불현듯 졸음이 밀려와 눈꺼풀이 무거워졌다. 그때 낮은 상다리 너머로 나처럼 누워 있는 누군가가 보였다. 검은 상복을 입은 어깨는 어둠 속에서 연신 들썩이고 있었다. 잠들 시간이 지났는데 아직도 울고 있는 걸까, 안쓰러운 마음에 조심스레 다가갔다.

그런데 그는 우는 게 아니었다. 모로 누워서 핸드폰 속 개그짤을 보며 숨죽여 웃고 있었다. 순간 맥이 탁하고 풀려서 그만 웃음이 났다. 그제야 내가 그날 처음으로 웃었다는 걸 알았다. 떠난 이에게 잘하지 못한 게 죄스러워 웃는 것도 잊었었다. 하지만 가족의 죽음이란 비현실적인 상황 앞에선 차라리 웃는 게 나았다. 적어도 웃음은 내가 아직 현실에 발을 딛고 살아 있다는 걸 알려주니까.

살아보니 '순도 100퍼센트의 불행'이란 건 없었다. 더이상 추락할 수 없을 것 같은 순간에도 붙잡을 곳은 있었다. 절망 속에도 아주 작은 희망이 살아 있었고, 울다가도 잠깐은 웃을 일이 생겼다. 물론 불행의 한가운데서 행복을 찾기란 어렵다. 당장 괴로워 숨이 넘어갈 판인데 누군가 다가와선 시간이 약이다, 다 지나간다, 언젠가 그땐 그랬지 할 거다, 같은 한갓진 소리나 하고 있으면 화가 치민다. 그런 말은 남에게서 들을 말이 아니라 내가 나에게 해줄 말이기 때문이다. 그것도 충분히 슬퍼하고 나서야 할 수 있는 말이다.

그러니 일단은 마음껏 슬퍼할 수 있도록 나를 기다려주어야 한다. 대신 슬퍼도 밥은 먹자. 잠을 자자. 웃음이 나오면 참지 말고 웃자. 당신은 그래도 된다. 무엇보다 우는 데도 많은 힘이 들기 때문이다.

아빠와 동생이 차례로 세상을 떠났을 때 참 많이 울었다. 눈물이 많지만 남 앞에선 울지 않는 나도 그때만은 굳이 눈물을 참지 않았다. 이제 겨우 만 세 살이 된 아이는 처음에 엄마가 우는 모습을 보고 낯설어 하다가 저 때문인 줄 알고 속상해했다. 그런 아이를 끌어안아 눈을 맞추고 제대로 이야기해주었다.

"엄마는 지금 이모가 너무 보고 싶어서 우는 거야. 너 때문이 아니야. 걱정하지 않아도 돼."

아이는 내 말에 고개를 끄덕이고는 걱정스러운 얼굴로 휴지를 가져와서 내 얼굴을 조심스럽게 닦아주었다.

"엄마, 이모가 보고 싶으면 울어도 돼요. 괜찮아요. 내가 있잖아요."

제법 어른스레 나를 위로하는 아이에게 힘껏 웃어주었다. 우는 모습도 웃는 모습도 아이에게 감추지 않은 건 누구에게나 슬픔이 자연스러운 감정이라는 걸, 충분히 슬퍼해야만 다음 단계로 나아갈 수 있다는 걸 내 삶으로 보여주고 싶었기 때문이다. 그리고 깊은 슬픔 사이에도 언제든 기쁨이 끼어들 수 있다는 것 역시.

충분히 울고 나면 조금씩 다른 관점에서 문제를 볼 여유가 생긴다. 눈앞의 문제에서 약간만 시선을 옮겨도 문제 너머의 의미가 보인다. '그 일'이 꼭 일어났어야 했다는 건 아니다. 일어나지 않았더라면 더 좋았겠지만 이미 일어났다면 고통이 알려주는 삶의 의미를 찾자는 것이다. 바로 그 의미가 나에게 살아갈 힘을 준다.

코칭에선 세상 모든 일에 양면성이 있다고 말한다. 이런 양면성을 발견하기 위해서 일부러 형용사가 적힌 단어 카드를 뒤집어 반대말을 보도록 한다. '변덕이 심하다'는 '눈치가 빠르고 유연하다'로, '우유부단하다'는 '협력적이고 조화롭다'로 재해석된다.

마찬가지로 내가 어찌 할 수 없는 불행을 겪을 때도 나쁜 면만 보며 낙심하거나, 좋은 면만 보며 안심하지 않는다. 모든 경험의 양면성을 있는 그대로 보아야 내 행복에 도움이 되는 면에 더 집중할 수 있다.

이렇게 내 삶을 균형 있게 바라보면 무엇을 해야 할지가 보인다. 작은 것부터 하나씩 행동으로 옮겨본다. 천천히 가도 된다. 삶을 바꿀 수 있는 아주 사소한 행동이면 된다. 이를테면 집 주변의 상담센터를 검색해보는 일 같은 것이다. 바로 상담을 받지 않아도 된다. 정말 버틸 수 없어질 때 나를 도와줄 상담자를 최후의 보루로 남겨두는 것이다.

날마다 '어제보다 딱 1센티미터만 앞으로 나아간다'는 마음으로 무엇이든 실천해보자. 그런 날들이 하나둘 모이면 조금씩 어둠 밖으로 벗어나게 될 것이다.

죽고 싶을 만큼 힘든 날도 있지만 살아서 다행이다 싶은 좋은 날도 분명히 온다. 그러니 나는 당신이 포기하지 않았으면 좋겠다. 정말 그랬으면 좋겠다.

점이 선으로 이어지는 삶

유튜브로 〈오은영의 금쪽 상담소〉라는 프로그램을 가끔 본다. 정신과 의사인 오은영 박사가 유명인의 고민을 상담해주는 프로그램이다.

하루는 '수학 1타 강사' 정승제 씨가 출연했는데 무심코 듣던 그의 이야기가 마음에 날아와선 콕 하고 박혔다.

"완벽한 행복을 추구하는 건 아니라도 작은 불행을 없애며 살자는 마음으로 살아왔어요. 그런데 불행만 피하다 보니 오히려 행복과 멀어진 느낌이 들어요. 행복한 삶을 사는 게 목표인데 그 방법을 모르겠어요."

우리는 행복이 뭔지는 몰라도 불행이 뭔지는 너무 잘 안다. 그래서 단지 행복하고 싶다는 이유로 불행을 참 열심히 피해 다닌다. 가난으로부터, 가족으로부터, 학교나 회사로부터 도망치기만 하면 불행 끝, 행복 시작이라고 쉽게 믿어버린다.

정승제 강사는 사람들과의 관계로부터 도망쳤다고 고백했다. 경쟁 심한 사교육 업계에서 각종 소송과 비방에 휘말리던 그는, 거의 모든 사적인 관계를 차단했다고 했다. 모르는 번호로 걸려오는 전화를 피하는 건 물론이고 하루 종일 수업 때 말고는 누구와도 말하지 않았다고 한다.

문제는 관계에서 오는 스트레스라는 불행을 피하려다 관계가 주는 행복까지 놓쳐버렸다는 점이다.

우리가 착각하기 쉬운 게 바로 이 부분이다. '불행하지 않다고 해서 행복한 건 아니다'라는 것.

슬픔, 불안, 분노, 수치심, 무기력 같은 부정적인 감정들을 느끼지 않는다고 해서 희망, 기쁨, 감사, 자신감, 열정 같은 긍정적 감정들이 저절로 채워지는 건 아니다. 만약 사람의 감정이라는 게 마이너스(-)부터 플러스(+)까지 이어진 직선이라고 가정해본다면 '마이너스 감정'을 0까지 끌

어올린 후에도 다시 '플러스 감정'을 느낄 방법을 찾아야
한다.

나는 내게 플러스 감정을 주는 일들을 평생 찾아다녔다.
학업, 취미, 봉사활동, 아르바이트까지 종류도 다양했다.
무엇이든 일단 재미있거나 의미 있어 보이는 건 다 해보았
다. 뭘 어떻게 해보겠다는 목표가 있었던 건 아니었다. 해
보고 좋으면 계속하는 거고 아니면 마는 거지, 정도의 가벼
운 마음이었다. 그저 좋아하는 일의 목록을 늘려가는 것이
즐거웠다.

좋아하는 게 많을수록 사는 게 재미있어진다, 사는 게
재미있으면 행복해진다는 단순한 믿음이었다. 그렇게 내
마음과 직관에 따라 살다보니 가성비는 떨어져도 훨씬 풍
성한 인생이 되었다.

스티브 잡스의 그 유명한 졸업식 연설문을 뒤늦게 찾아
읽다가 내 이런 삶의 방식에 대한 확신을 얻었다.

입양아였던 잡스는 양부모가 평생 모은 돈을 학비로 쓸
수가 없어서 어렵게 들어간 명문대학을 자퇴한다. 하지만
미래에 대한 뚜렷한 계획이 있는 것도 아니어서 한동안 자

퇴한 대학에 머물며 좋아하는 과목을 청강했다. 훗날 그는 이 선택이 자신의 인생에서 가장 잘한 선택 중 하나였다고 회고한다. 학교를 그만둔 덕분에 부모님의 차고에서 애플을 창업할 수 있었고, 자퇴 후 청강한 서체 과목 덕분에 맥킨토시 컴퓨터에 들어갈 아름다운 서체를 개발할 수 있었다는 것이다.

그는 이런 자신의 이야기에 '점을 잇는 것(Connecting Dots)'이라는 제목을 붙인다. '점'은 내가 살면서 내린 선택이고, 점들을 이어 그은 '선'은 나의 미래다. 결국 내가 과거에 내린 어떤 선택도 미래에는 무의미하지 않게 된다는 뜻이었다. 단, 그 선택이 내 마음과 직관을 온전히 따른 것이라는 전제 위에서 말이다.

"미래를 보고 있을 때는 점들을 연결할 수 없습니다. 오직 과거를 돌아볼 때만 점들을 연결할 수 있지요. 그러니 여러분은 미래에 점들이 연결될 것을 믿어야 합니다. (…) 왜냐하면 점들이 길 위에서 만난다는 그 믿음이야말로, 내 마음을 따라 살아도 된다는 확신을 주기 때문입니다. 그 길이 아무리 험하더라도 말이지요. 그리고 그러한 믿음이 인생의 모든 차이를 만들어냅니다."

돌아보면 나도 내가 좋아하는 것들로 점을 찍으며 살아왔다. 오락가락 갈 지(之) 자로 걸어온 것 같아도 '나'라는 사람이 가진 나름의 일관성 덕분에 점들은 하나의 선이 되었다.

어려서부터 일기처럼 써내던 글이 차곡차곡 쌓여서 글짓기 대회에서 상을 탔다. 거기서 자신감을 얻어서 직업적으로 글도 쓰게 되었다. 여기에 나와 동생의 마음을 치료하고 싶어서 시작한 심리학 공부와 여러 가지 삶의 경험이 더해져 지금 이 책을 쓰고 있다. 십 년 전에는 내가 이런 주제의 책을 쓸 거라곤 생각해보지도 않았었다.

과거의 내가 내린 선택들은 점처럼 이어져 하나의 선이 된다. 그 선은 미래의 내가 살아갈 '방향'을 가리킨다. 우리는 결국 각자의 선이 가리키는 방향을 좇아 살아갈 뿐이다. 이 방향을 따라 살면 나다운 삶을 살고 있다고 느낀다.

방향은 '목표'와 다르다. 목표는 저 높은 곳에 있는 이상이다. 손에 잡히지 않는 이상은 번번이 우리를 좌절시킨다. 삶은 결코 목표한 대로 흘러가주지 않는다.

어쩌면 지금 당신의 선이 마음에 들지 않을 수도 있다.

다시 과거로 돌아가 처음부터 점을 찍고 새로운 선을 긋고 싶을 수도 있다. 하지만 그건 불가능하다. 우리가 할 수 있는 건 오직 오늘의 점을 찍는 일뿐이다.

점을 찍는 동안엔 선을 그을 수가 없다. 선이 어느 방향으로 뻗어갈지 알 길도 없다. 그러니 그저 오늘 하루를 내가 좋아하는 일들로 채우는 데에만 신경 쓰면 된다.

계획 세우기를 좋아하는 나지만 새해 계획을 세우지 않은 지 오래되었다. 일 년은 물론이고 오 년, 십 년의 계획도 세우지 않는다. 새해가 오면 그냥 '올 한 해도 내가 살고 싶은 대로 살자'고만 다짐한다. 어깨에 잔뜩 들어간 힘을 빼고 한 해 대신 하루를 충실히 살아내기로 한다. '그런 하루가 차곡차곡 쌓이면 언젠가 나만의 선을 그을 수 있겠지'라고 생각한다. 부디 그 선이 간결하지만 힘 있는 선, 나다운 선이었으면 좋겠다.

나만의 취향을 가진다는 것

옷장 앞에 서면 한숨부터 나오던 때가 있었다. 계절마다 옷을 사도 왜 입을 옷이 없는 거지? 작년엔 뭘 입고 다닌 거지? 누구나 하는 그런 고민을 매일 했었다. 대부분 그러고 말겠지만 내겐 그게 꽤나 큰 스트레스였다. 시각적인 데 예민하고 미적인 기준도 높아서였다.

사실 나는 눈에 띄게 옷을 잘 입지도 못 입지도 않았다. 굳이 따지자면 눈에 안 띄게 입는 쪽이었다. 어떤 옷을 고를지 막막할 때면 남들이 살 것 같은 옷, 무난한 옷을 샀다.

SNS 광고를 보고 무작정 따라 산 적도 많았다. 요즘 인스타그램은 내 나이, 내 소득의 사무직 여성이 입을 만한 옷을 기가 막히게 추천해준다.

문제는 그렇게 산 옷들이 정작 나한테 어울리지 않았다는 것이다. 옷장엔 점점 나답지 않은 옷들만 많아졌다. 그런 옷을 입고 나서면 기분이 우울해졌다. 도저히 손이 가지 않아 몇 년째 처박아둔 옷도 있었다.

일 년의 육아휴직이 끝나갈 무렵, 출근 준비를 하다가 이제는 정말 입을 옷이 없다는 걸 알았다. 그 사이 몸매도 바뀌고 라이프 스타일도 달라진 탓이었다. 넉넉해진 뱃살을 감추려면 몸에 붙는 옷을 피해야 했다. 아이와 함께 다니려면 치마보단 바지가 나았고 구두보단 운동화가 편했다.

예전에 입던 옷들은 이런 변화에 어울리지 않았다. 바뀐 옷차림에 적응하는 게 또 다른 스트레스가 되었다. 그때 문득 이런 생각이 들었다.

'어쩌다 한 번 겪는 스트레스도 잘 이겨내려고 애쓰는데 1년 365일 스트레스를 받는 일이라면 제대로 한번 부딪혀서 해결해볼까.'

그래서 옷 입기에 대해 '제대로' 배워보기로 했다. 어려서부터 옷을 물려 입거나 사주는 대로 입던 나에게는 옷 입기가 완전히 새로운 분야였다.

새로운 분야에 도전할 땐 일단 그 분야에 관련된 책을 적어도 세 권 이상 읽어본다는 게 나의 원칙이다. 책을 읽으면 전체적인 그림이 그려지고 핵심에 이르는 가장 빠른 길을 찾을 수 있다고 믿어서다.

역시나 몇 권의 책을 읽었더니 내 체형에 맞춰 장점은 살리고 단점은 가리는 옷 입기의 기술을 익힐 수 있었다. 다음엔 유튜브나 인스타그램의 옷 잘 입는 인플루언서를 검색해서 그들을 따라 입어보았다.

핸드폰 속 그녀들의 몸매와 내 몸매는 너무도 달라서 수많은 흑역사가 만들어졌다. 하지만 이런 시행착오를 거듭한 끝에 나에게 어울리는 스타일을 어느 정도 찾을 수 있었다.

여기서 만족하고 끝낼 수도 있었지만 아직 뭔가 부족하다는 느낌이 들었다. 어쩌면 내가 원하는 건 단순히 옷 잘 입는 기술, 그 이상인지도 몰랐다.

내 기준에서 옷 잘 입는 사람이 어떤 사람인지 곰곰이 생각해보았다. 길을 가다가 꼭 한번 돌아보게 되는 사람이 있다. 그런 사람은 머리부터 발끝까지 최신 트렌드에 맞춰 옷을 입은 사람이 아니라, 자신만의 분위기에 어울리는 옷을 입은 사람이었다. 사람보다 옷이 먼저 보이는 게 아니라 '사람이 매력적이라서 자세히 봤더니 입은 옷도 딱 그 사람 같아 더 멋진 사람' 말이다.

그들은 멀리서 봐도 한눈에 들어온다. 주변 사람을 한순간에 조연으로 만들어버리는 압도적인 주연의 아우라가 있다. 걸음걸이가 당당하고 표정도 여유롭다. 옷 입는 기술을 잘 알지만 나답게 입기 위해 일부러 그 규칙을 깨뜨리기도 한다.

그러니까 내가 생각하는 옷 잘 입는 사람은 유행에 휘둘리기보다 자신의 내면을 잘 표현해주는 옷을 입는 사람, 다시 말해 내면과 외면이 멋지게 조화를 이룬 사람이었다.

그제야 내가 옷 입기를 통해 무엇을 이루고 싶었는지 알았다. 나는 안팎으로 나다운 사람이 되고 싶었던 거였다.

우선 옷장에 걸린 옷들이 나다워져야 했다. 입을 때마다 어색하고 불편했던 옷들을 가려내어 전부 버리고 기부했다. 더 이상 보아도 입어도 설레지 않는 옷들과 작별하고 진짜 나를 표현할 수 있는 옷만 입고 싶었다.

다시 옷을 살 땐 하나를 사도 오래오래 고민하며 골랐다. 나라는 사람과 내가 입는 옷 사이에 이질감을 없애고 싶었다. 옷으로 나를 포장하는 게 아니라, 내가 옷으로 표현됐으면 했다. 그러면 매일 아침 옷 입는 게 재미있어질 것 같았다. 결국 옷 입기에서 시작된 고민이 '나다운 게 뭘까?' 라는 고민까지 이어졌다.

몇 년이 지났지만 여전히 나만의 스타일을 찾아가는 중이다. 이제야 조금씩 나답게 입게 된 것 같은데 그나마도 종종 실수를 한다. 하지만 어떤 지향점 비슷한 것은 생겼다. 편안하게 차려입은 듯해도 한 조각의 긴장감을 놓지 않는 여자, 우아하지만 시크한 여자가 되고 싶다. 그래서 요즘은 옷 입기가 즐거워졌다.

이렇게 계속 시도하다보면 유행과 상관없는 나만의 시그니처 스타일이란 게 생기지 않을까 기대해본다. 아마도 10년 후엔 그럴 것 같다.

사실 옷 입기가 아니어도 나라는 사람을 표현할 수 있는 취향은 많다. 꼭 남에게 보여주지 않아도 스스로 만족스러운 기분을 느끼게 해주는 것이 취향이다. 그런 취향엔 충분한 시간과 노력을 투자해도 좋다고 생각한다. 나이를 먹을수록 취향이 있고 없고가 삶에 큰 차이를 만들어내기 때문이다.

어떤 취향은 내 라이프 스타일을 결정짓는다. 캠핑을 좋아하는 사람의 라이프 스타일과 호캉스를 좋아하는 사람의 라이프 스타일이 같을 순 없다. 인테리어를 좋아하는 사람의 라이프 스타일과 아웃도어 액티비티를 좋아하는 사람의 라이프 스타일도 마찬가지다. 어느 쪽이든 취향은 내가 살아가는 방식을 정한다.

취향이 넘쳐나는 시대가 왔다. 지구 반대편의 취향도 SNS를 통해 실시간으로 전달된다. 예전에는 한 시대를 풍미하는 트렌드라는 게 있었는데 요즘은 동시대에 여러 취향이 공존하는 것 같다. 그 많은 취향이 어느 하나 무시당하지 않고 존중받는 모습이 보기 좋다.

오히려 자신만의 확고한 취향이 있는 사람이 멋있는 사람으로 인식되는 것도 참 좋다. 그런 사람이 SNS에서 자신의 취향을 공유하면 비슷한 결을 가진 사람들이 모여든다. 취향을 모아 큐레이션 하는 플랫폼도 다양해졌다. 그야말로 취향이 '가치로운' 세상이다.

모든 이유를 떠나 당신이 당신만의 취향을 가졌으면 좋겠다. 나만의 취향을 가진다는 게 나와 내 삶을 얼마나 바꾸어놓는지 분명 느끼게 될 것이다.

혼자가 더 편하다는
생각을 버립니다

· 회사에 나도 모르는 내 소문이 퍼졌다. 화장실에서 친한 후배가 내 뒷담화를 하는 걸 듣고서야 알았다. 얼른 몸을 돌려 나왔지만 가슴이 쿵쾅거렸다.

나는 오해라고 일일이 항변하는 대신 침묵해버렸다. 그때부터였다. 회사에서의 인간관계가 다 피곤하고 무의미하게 느껴진 건. 더 이상 동료들로부터 상처받고 싶지 않아 회사에 있는 동안엔 내가 '로봇'이 되었다고 생각하기로 했다.

'나는 로봇이다. 나는 로봇이다.'

매일 아침 회사 문을 열 때마다 속으로 이렇게 주문을

외었다. 누구와도 사적인 이야기를 나누지 않고 어떤 감정도 섞지 않은 채 묵묵히 내 할 일만 했다. 선을 긋고 사무적으로 대하니 서로 충돌할 일도, 상처받을 일도 없었다. 동료들도 나를 점점 어려운 사람으로 여기고 함부로 대하지 않았다. 회식은 적당히 빠지고, 점심은 혼자 먹었다. 팀워크엔 별 도움이 안 됐지만 맡은 일은 잘 해내니 상사도 대놓고 나무라진 않았다.

그렇게 늘 이어폰을 끼고 다니며 거침없이 선을 넘어오는 사람들로부터 나를 지켜냈다. 혼자는 여럿보다 편했다. 적어도 불필요한 감정노동은 사라졌다.

문제는 내가 그은 선 안에서 나만 점점 더 고독해졌다는 것이었다. 나의 작은 동그라미 안은 안전했지만 즐겁지도 않았다. 무지개 색 사람들 위로 무색, 무향, 무중력의 존재가 되어 둥둥 떠다니는 기분이었다. 하루 중 짧게는 아홉 시간, 길게는 열두 시간을 그렇게 보낸다는 건 꽤나 고통스러웠다.

어떤 날은 퇴근하면서 '아, 오늘은 종일 한마디도 안 했네' 하고 놀라기도 했다. 수화기 너머로 오간 업무적인 이야기들은 진짜 대화라고 할 수 없었다.

나는 외로웠지만 사람들과 다시 관계를 맺는 대신 TV 화면 속으로 도망쳤다. 영화나 드라마를 보며 주인공들에게 감정이입을 하는 것으로 헛헛한 마음을 달랬다. 집에 돌아오면 곧바로 컴퓨터를 켜고 다른 세상으로 빠져들었다. 퇴근 후 드라마를 정주행하느라 잠을 설치는 날들이 많아졌다. 어떤 드라마는 끝나는 게 아쉬워 끝끝내 마지막 편을 못 봤다. 주인공들과 진짜로 헤어지는 것 같아서 너무 슬펐다.

TV 소리가 없는 텅 빈 방은 싫었다. 밤에 불을 끄고 눕는 게 두려웠다. 빛도 소리도 없는 그 순간이 되면 내가 혼자이고 외롭다는 걸 나 자신한테도 감출 수가 없었기 때문이다.

어느 밤 자취방 현관문을 열었는데 어두운 방 한 편을 달빛이 밝히고 있는 게 보였다. 그저 한조각의 달빛일 뿐인데 내 공간에 누가 들어온 것 같아서 마음이 따스해졌다. 그러자 사람이 그리워졌다. 가벼운 농담, 적당한 공감, 묵직한 위로 같은 것들이 내게도 필요했디. 식물이 따스한 햇살을 받고 자라듯이 사람은 서로의 온기에 기대어 살아간다는 생각이 들었다.

그래서 다시 사람들에게 말 걸기를 시작했다. 내가 그은 선 밖으로 나갈 용기를 내는 건 쉽지 않았다. 대화에 끼어보려고 모기만한 목소리로 말을 꺼냈는데 다른 동료의 말에 묻혀버렸을 때는 부끄러워 얼굴이 빨개지고 말았다. 농담이라고 한 말에 분위기가 싸해졌을 때는 어디론가 숨어버리고 싶었다. 그래도 창피함을 무릅쓰고 한 시도가 한 번 두 번 이어지자 나를 둘러싼 무거운 공기가 조금씩 가벼워지기 시작했다. 아침마다 회사에 가는 일이 덜 힘들어졌다.

동료들의 시시한 농담에 가벼운 호응을 해주는 것, 상사의 바뀐 헤어스타일을 알아봐주는 것, 아픈 후배에게 따뜻한 말 한마디 건네는 것으로 멀어진 마음의 거리가 조금씩 가까워졌다. 누군가 도움이 필요할 땐 다가갔고 내가 도움이 필요할 땐 서툴게 부탁했다. 간혹 마음을 나누고 싶은 동료에겐 먼저 말을 걸기도 했다. 멀리서나마 따뜻하게 서로를 응원해주는 관계도 생겨났다.

그런 관계는 빡빡한 회사 생활에서 잠시 숨 쉴 틈을 주었다. 나도 어딘가에 소속되어 있으며 사람들과 연결되어 있다는 안정감을 되찾았다.

물론 회사에 이런 좋은 관계만 있는 건 아니었다. 여전히 어디에나 빌런들은 있었다. 그런 사람들에겐 선을 긋고 적당한 거리를 유지했다. 예전처럼 그들이 내 마음을 쥐락펴락하게 두지 않았다. 그렇게 시간을 보내다 보니 다시 회사가 사람 사는 곳처럼 느껴졌다. 사람들에게 조금씩 다가가는 법, 좋은 관계를 맺고 유지하는 법, 나쁜 관계에 선 긋는 법을 차례로 연습해갔다.

코로나 이후 '혼밥' 하는 사람들이 많아졌다. 같이 밥을 먹어도 앞에 앉은 사람보다 핸드폰을 들여다본다. 핸드폰은 나에게 스트레스를 줄 일도 없고 원하면 언제든 꺼버릴 수 있다. 그러나 내가 살고 있는 이 세상은 화면 속 세상이 아니고, 화면 속 그들과는 진짜 관계를 맺을 수 없다. 그들이 주는 웃음은 가볍게 흩어지고, 눈물은 쉽게 잊힌다.

진짜 관계는 끌어안는 것이다. 상대를 안으려면 두 팔을 한껏 벌려야 한다. 그가 나를 마주 안으면 좋겠지만 나를 찌른다면 깊이 상처를 입을 것이다. 어쩔 수 없다. 그게 관계의 속성이다. 상처까지 감당할 용기를 내어야만 진짜 관계를 맺을 수 있다. 가끔씩 상처받더라도 좋은 관계가 될 거라는 믿음만 있다면 포기하지 말고 다시 다가가야 한다. 상처받기 싫어 뒷걸음치면 인생의 소소한 행복까지 잃어버리게 된다.

혹시 상처받더라도 너무 걱정할 것 없다. 시간이 지나면 딱지가 앉고 새 살이 돋을 테니.

상처가 사라진 자리엔 흉터가 남는다. 그 흉터는 내가 용기내어 사람들을 마주했다는 훈장이다. 여기저기 남은 흉터가 나를 더 나은 관계로, 상처보다 행복을 주는 관계로 이끌어준다고 믿는다.

'상처'라는 말 뒤에 숨지 않을 용기

• 엄마는 내가 태어날 때 다이아몬드 꿈을 꿨다고 한다. 졸졸 흐르는 계곡물 옆으로 반짝이는 다이아 몬드가 놓여 있어서 살며시 다가가 만져보았단다.

다 아는 이야기인데도 어린 시절의 나는 매번 또 들려달 라고 조르곤 했다. 마치 "넌 귀한 다이아몬드가 될 거야" 라는 말 같아서 듣기 좋았다.

그런데 어른이 되고 보니 같은 꿈이 달리 보인다. 다이 아몬드는 땅속 깊숙한 곳에서 높은 온도와 압력을 받고 오 랜 시간에 걸쳐 만들어진 광물이다. 처음엔 뿌옇고 거친 표 면의 원석이지만 잘 세공되면 어떤 보석보다 아름답게 반 짝인다. 그러니 나도 불길 속에서 오래 단련되고 제대로 세공되어야만 제 빛을 낼 수 있다는 뜻이 아니었을까.

어쩐지 엄마의 태몽이 내 인생의 복선처럼 느껴진다.

사실 내가 살아온 날들이 그렇게 뜨겁고 척박했던 건 아니다. 누군가 나에게 "(예전에) 왜 그렇게 힘들어 했었어?"라고 물었을 때 제대로 답하지 못했던 것도 그래서였다. 그래도 지금이라면 이렇게 대답할 것 같다.

"어떤 고통은 밖으로 보이지 않아도 안으로 곪아가는 거야. 그 고통에 삼켜지지 않으려고 나름대로 치열하게 발버둥치며 살아온 결과가 지금의 나야. 그러니 고통의 크기나 깊이를 서로 비교한다는 것 자체가 애초에 무의미할지도 몰라. 사람은 모두 자신만의 고통을 가지고 있으니까."

어쩌면 나는 태생적으로 상처를 잘 받는 사람인지도 모른다. 예민한 기질 탓에 어릴 때부터 주변 공기의 변화를 민감하게 알아챘다. 사람들의 눈빛, 말투, 동작에서 쉽게 생각과 감정이 읽혔다. 누가 나를 불편해하는지, 내 이야기를 지루하다고 여기는지 굳이 눈치 주지 않아도 알 수 있었다.

온종일 레이더를 켜고 있으려니 하루에도 몇 차례씩 감

정의 파도가 밀려오고 쓸려갔다. 상대는 모르는데 나만 상처를 받았다. 집에 돌아와도 같은 장면을 몇 번이고 머릿속에서 재생했다. 각 장면에는 나만의 해석이 붙었다.

이 부정적인 해석들은 이내 단단한 확신이 되어서 흉터로 남았다. 나중엔 흉터를 더 만들기가 싫어서 일부러 사람들을 밀리하게 되었다.

그때의 나처럼 "상처받았어요"라는 말을 유난히 자주 쓰는 사람을 만나면 예전의 나를 보는 것 같아 어쩐지 안쓰러워진다.

《인정욕구 버리기》라는 책에는 이렇게 늘 '나는 피해자'라고 생각하는 버릇에 대한 이야기가 나온다.

" '나는 피해자다', '나는 상처받았다'라며 무심코 자신을 피해자 입장에 세우고, 피해자의 도식으로 세상을 보는 버릇을 많은 젊은이들이 이미 가지고 있습니다. (...) 대체로 이는 사실이라기보다 그저 마음의 버릇입니다. (...) 피해자 역할에 빠진 사람의 상당수는 '저 사람 탓에 나는 행복해질 수 없다'라고 자신을 인생 피해자 측에 두고 그쪽에서만 세상을 바라봅니다. 피해자 역할, 상처받는 역할에 고정되어 그 자리에서 벗어나지 못합니다."

피해자와 가해자로 모든 관계를 바라보는 버릇이 생겨버리면 무의식중에 자꾸만 나에게 상처받는 역할을, 상대에게 상처주는 역할을 맡기게 된다. 마치 나와 상대를 무대에 올려놓고 역할극을 하는 것과 비슷하다.

무서운 건 내 머릿속에서만 일어나던 이 역할극이 현실에서 그대로 일어난다는 사실이다. 점점 더 자주, 더 세게 똑같은 상황을 경험하게 된다. 마침내 관계가 회복될 수 없을 만큼 망가지고 나면 '역시 나는 피해자였어'라며 또 한 번 자기 확신을 굳히고 만다. 나 역시 그랬었다.

심리학을 공부하면서부터 내가 이런 식으로 관계를 맺고 있다는 걸 알았다. 모든 관계에서 그런 건 아니고 특정 관계에서만 유독 그랬다. 그 관계 속에서 나는 무슨 일이 있을 때마다 "나 상처 받았어"라고 말하곤 했다. 나를 피해로, 타인을 가해자로 만들어 관계의 책임을 상대에게 떠넘겨버렸다. 그래야만 내가 상대보다 좋은 사람이 될 테니까.

물론 진짜로 상대가 나에게 상처를 주는 일도 있었다. 하지만 상처를 받는 게 꼭 나쁜 일이었을까? 상처의 의미도 달리 볼 수 있지 않을까?

만일 지금 내 눈앞에 상처 하나 없이 깨끗한 사람이 있다면 나는 그 사람과 친해지고 싶지 않을 것 같다. 오히려 한번쯤 자신의 밑바닥을 본 사람과 대화하는 게 더 좋다. 자신이 받은 상처가 무엇이었는지, 그 상처 때문에 어디까지 내려가 봤는지, 어떻게 상처가 흉터가 되었는지 기꺼이 열어 보여주는 사람과는 언제든 친구가 되고 싶다. 그런 사람과는 진짜 대화를 나누고 있다는 느낌이 든다. 서로의 마음을 어루만지고 깊이 공감하며 함께 충만해지는 그런 대화 말이다.

그래서 내 마음에 남은 흉터도 미워하지 않기로 했다. 흉터는 내가 성장하는 데 필요한 대가였다. 상처 난 마음을 붙들고 어떻게든 나를 사랑해보려고 애쓴 지난날의 흔적이기도 하다. 그 흔적들을 예전보다 따뜻하게 바라보게 되었다.

이제는 내 안의 모든 흉터가 다이아몬드라는 것을 알겠

다. 다이아몬드처럼 반짝반짝 빛나는 마음은 아니어도 다이아몬드처럼 단단한 마음을 가진 사람이 되고 싶다.

3장

나 와
타 인 에 게
좀 더 다 정 한
사 람 이
되 기 로 합 니 다

완벽한 관계는 없다

· 어린 시절 내 애독서는《나의 라임오렌지 나무》였다. 나는 그 책을 언제나 이불 밑에 숨어서 읽었는데 그건 내가 펑펑 우는 모습을 가족들에게 들키고 싶지 않아서였다. 매번 어찌나 울었던지 눈물 콧물 닦아낸 휴지가 수북이 쌓이곤 했다.

주인공 제제는 집 앞의 라임오렌지 나무에게 '밍기뉴'라는 이름을 지어주고 상상 속에서 대화를 나누는 외로운 아이다. 가족들은 제제를 말썽꾸러기라고 혼낼 뿐, 그의 여리고 따스한 내면을 제대로 보아주지 않는다. 그래서 제제는 밍기뉴에게 속마음을 털어놓는 것으로 자신의 외로움과 소외감을 달랜다.

그 시절 내게도 상상 속 친구들이 있었다. 제제처럼 동네의 수양버들, 시냇물, 돌 같은 것들에 일일이 이름을 붙여주고는 이야기를 나눴다. 학교에서 집으로 돌아오는 길은 언제나 혼자라서 이런 친구들과 수다를 떨기 좋았다. 그날 하루 있었던 일들을 두런두런 이야기하다 보면 허전한 마음이 조금은 채워지는 것 같았다.

상상 속 친구들은 내가 원할 때면 언제든지 불러낼 수 있었다. 어떤 이야기를 해도 판단하지 않았고 무조건 공감해 주었다. 때로 내가 제일 듣고 싶었던 말을 들려주기도 했다. '실수해도 돼', '잘하고 있어', '일단 해봐' 같은 말이었다.

한 번도 그런 '사람 친구'를 만난 적은 없었지만 친구란 그런 존재일 거라고 막연히 믿어버렸다. 언제 어디서든 나와 함께 있어 주는 존재, 서로의 모든 관심사를 공유하는 존재, 누구에게도 말할 수 없는 아픔을 드러내고 지지받는 존재가 친구일 거라고 생각했다. 이 모든 조건을 완벽히 충족해야만 내 '진짜 친구'가 될 수 있는 거였다.

당연히 누구도 그 기준을 통과하지 못했다. 반 친구는

있어도 진짜 친구는 없었다.

가족을 떠나 혼자 서울로 올라왔을 때 제일 힘들었던 것도 친구를 만드는 일이었다. 대학은 정해진 시간표가 없었다. 내가 짠 시간표대로 이곳저곳 강의실을 옮겨 다니며 수업을 들었다. 오리엔테이션에 가지 않은 탓에 아는 얼굴도 없었다.

소속감은 옅어지고 고독감은 커져갔다. 내 기준의 진짜 친구는 되지 못했지만 매일 작은 교실에서 복닥거릴 수 있었던 고등학교 반 친구들마저 그리웠다. 겨우 동아리에 들어가 사람들을 사귀었어도 이미 마음 한 편에 자라난 외로움은 사라지지 않았다. 혼자 있어도 함께 있어도 늘 외롭다는 생각만 들었다.

이유를 알 수 없이 우울한 기분이 계속되던 어느 날, 교내 상담센터를 찾았다. "어떻게 해야 친구를 만들 수 있는건지 모르겠어요"라는 나에게 상담 선생님이 되물었다. "어떤 친구를 갖고 싶나요"라고. 잠시 주저하다가 늘 마음속에 품고 있던 진짜 친구에 대한 기대를 털어놓았다. 상담 선생님은 내 이야기를 듣는 동안 가만히 웃으시다가 조심스럽게 조언해 주셨다.

"고유 씨는 친구에 대한 기대치가 매우 높은 것 같아요. 친구에도 여러 종류가 있어요. 밥만 같이 먹는 친구, 쇼핑을 같이 하는 친구, 속 깊은 이야기를 나누는 친구, 모두 친구예요. 다양한 깊이의 친구가 있다는 걸 인정해야 스스로 외로워지지 않아요."

꽤 오래 개인 상담을 받았어도 유독 이 말이 가슴에 남았다. 여러 번 이 말을 곱씹다 보니 그동안 친구라고 불렀지만 마음속으론 진짜 친구로 인정하지 않았던 이들에게 미안해졌다. 사실 그들은 잘못이 없었다. 오히려 나에게 기꺼이 마음과 시간을 허락해준 고마운 이들이었다. 내가 멋대로 엄격한 기준을 만들어 친구들을 심사하고는 진짜 친구라는 테두리 밖에 세워두었을 뿐이었다.

이제는 이런저런 친구가 있다는 사실을 인정한다. 몇 달에 한 번 만나는 친구도 있고, 일 년에 두어 번 만나는 친구도 있다. 그런가 하면 매년 생일 때만 연락하는 친구도 있고, 몇 년에 한 번 생각나야 연락하는 친구도 있다.

언제 어디서 만나든 서로의 안부를 궁금해하고 꾸준히 소식을 전하기만 한다면 여전히 친구라고 생각한다. 인생이란 길 위에서 때로는 평행선을 달리고 때로는 엇갈릴지라도 우리는 분명히 다시 만날 것이다. 그러니 모든 순간, 모든 장소에서, 모든 것을 공유하지 않아도 된다.

상담 선생님의 말이 맞았다. 이런 생각을 하면서부터 나는 예전보다 덜 외로워졌다.

여기서 이 글을 끝맺으면 좋으련만 사람은 좀처럼 바뀌지 않는 법이다. 직장인이 되고 보니 이번엔 '진짜 동료'가 갖고 싶었다. 깨어 있는 시간 중 가장 오랜 시간을 보내는 회사에서 친한 동료 하나 없이 지낸다는 게 종종, 아니 자주 외롭게 느껴졌다.

직장인을 소재로 한 드라마를 보면 주인공들에겐 꼭 한두 명씩 절친한 동료가 있다. 그들은 회사에서 겪는 일이나 관계에 대한 고민은 물론이고 찐한 인생 고민까지 나눈다. 때로는 가족이나 친구보다 더 가까워 보일 정도다. 실제로 주변 동료들을 둘러봐도 모두 그런 동료가 있는 것 같은데 나만 없었다. 그게 부럽고 속상하고 창피했다. 오랜만에 간 상담에서 이런 고민을 털어놓자 상담 선생님은 대뜸 예상치 못한 질문을 던졌다.

"왜 친한 동료가 있어야 하나요?"

"아, 그건….(버벅버벅) 회사 생활이 힘들 때 서로 의지도 하고 조언도 하고….(주절주절) 마음 맞는 사람이 있으면 즐겁잖아요."

"회사에서 고유 씨와 결이 맞는 사람을 찾는 건 쉽진 않을 걸요. 고유 씨는 다수보단 소수에 속하는 사람이니까요. 그리고 어차피 직장 동료는 가족이나 친구가 아니에요. 회사에서 가족 같은 관계, 친구 같은 관계를 만들려고 애쓰지 말아요. 서로 도움을 주며 일할 수 있는 정도면 충분해요."

몇 년째 나를 지켜봐 온 상담 선생님은 내게 어떤 말이 필요한지 나보다 잘 알고 계셨다.

회사라는 공적인 장소에서 굳이 사적인 관계를 맺으려고 노력할 필요가 없다는 말은 우리나라처럼 공사 구분이 불분명한 사회에선 다소 냉정하게 들릴 수 있다. 게다가 내 세대는 회사 동료라도 친한 사람끼리는 직급 없이 언니, 동생 부르며 반말을 하는 게 더 익숙한 세대다. 오히려 요즘 MZ 세대가 이런 공사 구분은 더 잘하는 것 같다. 온·오프 스위치를 껐다 켜듯이, 출근하면 직장인 모드로 퇴근하면 자연인 모드로 빠르게 전환되는 모습이 물 흐르듯 자연스러워 보인다. 이쪽도 저쪽도 아닌 나는 늘 어정쩡하게 고민만 하며 살아왔다.

하지만 상담 선생님의 말을 듣고 내 회사생활을 돌아보니 이제 와서 회사에서 나와 결이 맞는 사람을 만날 확률은 제로에 가까워 보였다. 밖에서도 나와 맞는 사람을 찾기가 어려운데 회사라는 좁은 사회에서 찾는 건 더 어려울 수밖에. 물론 운 좋게 그런 사람을 만난다면 감사한 일이지만 그게 아닌 다음에야 굳이 직장 동료와 사적인 부분까지 맞추려고 애쓸 필요가 없다는 생각이 들었다.

그래서 내가 내린 결론은 '친해지고 싶은 동료' 대신 '일하기 좋은 동료'가 되자는 것이다. 회사에선 최대한 밝은 태도로 웃으며 일하려고 애쓴다. 동료에게 부탁받은 일은 꼭 시간 안에 해주고 업무가 넘쳐 버거워 보이면 먼저 다가가 도와준다. 갈등이 생겨도 상대의 입장에서 도움이 될 만한 해결책을 같이 찾아본다. 때로는 같은 목표를 위해 전우애를 불태우며 일하기도 한다.

그러다 보니 일에 대해 즐겁게 대화를 주고받는 동료가

하나둘 생겨났다. 지금은 이 정도로도 충분하다.

돌아보면 내 관계에 대한 고민은 늘 비현실적인 기대에서 시작되었다. 누가 보아도 실현 가능성이 떨어지는 높은 기준을 세우는 건 완벽주의자의 특징이다. 일에 대해 빈틈없는 목표를 세우듯이 관계에 대해서도 '모든 친구는, 동료는 항상 이래야 한다'는 완고한 기준을 고집한다. 그래서 원치 않는 고립과 고독을 자초하는 것이다.

스스로 세운 높은 성에서 탈출하려면 관계에 대한 비현실적인 기준을 현실적인 기준으로 바꾸는 유연성을 발휘해야 한다.

수년간 개인 상담과 집단 상담을 받으며 관계에 대해 배워왔지만 내가 얼마나 나아진 건지 잘 모르겠다.

솔직히 나는 아직도 관계를 맺고 이어가는 데 서툴다. 수많은 실수를 하며 얻은 건 그저 지나친 기대를 내려놓고 나답게 사람들을 마주하자는 원칙뿐이다. 최대한 가식 없이 진정성 있게, 가능하면 친절하게 사람들을 대하려고 애쓴다.

그래도 어느 때든 나를 싫어하는 사람은 있었다. 대부분 내가 어쩔 수 없는 문제였다. 그럴 때는 속상하지만 모두가 나를 좋아할 순 없다고 단념해버린다. 사실 모두가 나를 좋아한다면 아무도 나를 모르는 것일 수 있다. 불완전한 내가 불완전한 타인을 만나니 불완전한 관계가 될 수밖에.

모든 관계는 결코 완벽할 수도 없고, 완벽해서도 안 된다. 적어도 나는 그렇다고 생각한다.

내 인생의 VIP 찾기

• 늦가을 나뭇가지에 매달린 잎새가 위대로워 보인다. 작은 잎새는 약한 바람에도 우수수 떨어져나간다. 한때 내 일부였던 사람들에게 나도 저 메마른 나뭇가지 같았을까. 그래서 그들은 그리 쉽게 나를 놓아버린 걸까.

삶의 고비마다 곁에 있던 사람들이 우수수 떨어져나갔다. 대학에 진학했을 때, 회사에 취업했을 때, 결혼했을 때, 아이를 낳았을 때…. 좁디좁은 내 인간관계는 또 한번 정리되었다. 그렇다 해도 연락처조차 남아 있지 않은 사람들, 서랍 깊숙이 희미해져가는 사람들이 낙엽처럼 서걱서걱 마음에 밟히는 날이 있다.

한 해 두 해 흐를수록 오래된 인연이 소중해진다. 어떤 이익이나 필요로 맺어진 관계가 아니라 마음 가는 대로 만들어진 관계 말이다. 그런 친구를 만나면 언제든 아이로 돌아가 웃고 떠들게 된다. 그들이 소중한 건 내 유년시절을 기억해주는 마지막 존재여서인지도 모른다. 우리는 서로의 추억 속에 가장 투명하게 반짝이는 모습으로 박제되어 있다.

그래서일까. 오랜 친구와 헤어져 돌아오는 발걸음은 때때로 무거워진다. 그때의 나와 너에 대해 이야기하는 것도 즐겁지만 오늘의 내가 가진 고민도 나누고 싶은데, 우리의 만남은 짧고 메워야 할 시간의 간극은 너무 긴 까닭이다.

그 빈틈을 메워주는 건 새로이 맺은 관계들이다. 학업, 일, 육아 같은 공통의 관심사를 가진 사람과는 늘 화젯거리가 풍부하다. 서울에서 만난 대학 친구는 고향 친구처럼 편안한 맛은 없어도 톡톡 튀는 매력이 있었다. 전국 각지에서 올라온 특산물 같은 그들과 친구가 되는 것은 꼬불꼬불한 서울의 밤거리를 탐험하는 일만큼 즐거웠다.

직장 동료는 깨어 있는 시간 중 가장 많은 시간을 함께 보내는 사람들이다. 가족에게도 말할 수 없는 고충을 들어주는 그들 덕분에 직장인으로서의 고단한 삶을 이어올 수 있었다.

동네 친구는 또 어떤가. 아이라는 공통분모로 엮인 이들과의 우정은 전우애에 빗댈 수 있을 만큼 끈끈하다. 서로의 나이나 취향과 관련 없이 육아라는 전쟁을 함께 헤쳐 나가는 동지 같은 사람들이다.

돌아보니 관계라는 게 그랬다. 어떤 관계는 땅처럼 멈춰 있고 어떤 관계는 강처럼 흘렀다. 마치 나라는 사람의 성향과 가치관이 바뀌지 않아도 상황과 관심사는 수시로 변하듯이. 그러니 오래 곁을 지켜주는 사람에겐 고마워하고, 흘러가는 사람은 붙잡지 않을 일이다.

하나 위안이 되는 건 그렇게 스쳐간 사람조차 내 안에 분명한 흔적을 남긴다는 것이다. 누군가 했던 말과 행동을 자연스럽게 따라 하는 나를 발견할 때, 혹은 누군가가 나에 대해 말하던 대로 나를 생각하게 될 때, 이제는 볼 수 없는 그가 이미 내 일부가 되었음을 깨닫는다.

그러니 곁에서 온기를 나누지 않아도 그를 영영 떠나보낸 건 아니다. 이별을 좀처럼 받아들이지 못하는 나 같은 사람들에게 이런 생각은 꽤 위로가 된다.

심리치료이론 가운데 하나인 '이야기치료'는 개인의 인생을 회원제 클럽에 비유한다. 클럽에 속한 회원은 나의 과거, 현재, 미래에서 중요한 위치를 차지하는 사람들이다. 클럽의 주인인 내게는 누구를 회원으로 맞이할지, 회원에서 영구히 퇴출시킬지 결정할 권한이 있다.

이 클럽엔 회원 등급(Membership)도 있어서 어떤 회원의 등급을 올리고 내릴 수도 있다. 이 작업을 이야기치료에선 '회원 재구성'이라 부른다. 이야기치료는 우리 삶을 하나의 줄거리가 있는 이야기로 본다. 이야기를 이끌어가는 주제는 나는 누구인가, 내 인생은 어떤 인생인가에 대한 나의 해석인데, 이 해석에 가장 큰 영향을 미치는 것이 타인과의 관계라고 한다. 그래서 관계를 바꾸면 해석이 바뀌고 이야기도 바뀐다. 회원 재구성은 바로 이런 이유에서 시도하는 치료기법이다.

사람과 사람 사이의 관계를 클럽이니, 등급이니, 퇴출이니 삭막하게 분류하는 게 마음에 들지 않을 수도 있다. 하지만 좋은 점도 있다. 내게 해가 되는 관계는 정리하고 힘이 되는 관계는 보듬으며 살아갈 수 있다는 것, 무엇보다 남에게 끌려 다니는 관계가 아니라 내가 주인이 되어 관계를 맺을 수 있다는 점이다.

내 인생클럽에서 정리된 회원들을 떠올려 본다. 만날 때마다 누군가를 비난하고 흉보는 걸 즐기던 사람, 내 마음을 조종하려 들던 사람, 관계를 거래로 보고 주는 만큼 돌려받지 않으면 안 되던 사람…. 그들에게도 좋은 면은 있었지만 만날 때마다 내 마음이 부정적인 느낌으로 가득 차는 게 싫었다. 누군가와 관계를 맺는다는 게 나를 그에게 기꺼이 개방하는 일이라면 그런 사람에게는 나를 열어 보이고 싶지 않았다.

반대로 내 인생클럽에서 높은 등급에 올린 회원도 있다. 고등학교 친구인 J는 내가 갑작스레 동생을 잃고 피폐해진 어느 날, 먼 길을 차로 달려 우리 집에 찾아왔다. 주섬주섬 현관문을 여니 "밥은 먹었냐" 한마디를 툭 던지곤 배달음식을 보여주었다. 그날 J는 내 저녁식사를 챙겨주고 아이와 놀아주다가 늦은 밤에야 집에 돌아갔다. 동생의 죽음에 대해선 아무것도 묻지 않았다.

만약 그날 J가 나에게 "괜찮아?"라고 물었다면 며칠을 꾹꾹 눌러 참은 슬픔이 한 번에 터져 나와서 감당할 수 없었을 것이다. 남들이 내게 그랬듯 "시간이 약이야", "산 사람은 살아야지", "네가 이러면 동생이 편히 떠날 수 있겠니" 같은 말을 했다면 그 어떤 위로도 되지 않았을 것이다.

그저 아무 말도 하지 않고 곁에 있어주는 것, 그때의 내겐 그게 가장 큰 힘이었다. J와 나의 관계는 이후로도 삶의 위기를 맞을 때마다 한층 견고하고 단단해졌다. 힘들 때 가장 먼저 생각나는 친구인 J는 그래서 내 인생의 VIP다.

이 글을 쓰며 내 인생클럽 회원들의 얼굴을 하나씩 떠올려 본다. 다정한 눈빛으로 내 걸음을 지켜봐준 그들 덕분에 예전보다 조금은 좋은 사람이 될 수 있었다. 차갑다고 믿었던 세상도 따스해 보였다. 나 역시 그들의 인생에서 그런 사람이 되고 싶다. 때때로 외롭고 힘든 삶에서 그들에게만은 기꺼이 기댈 수 있는 어깨를 내어줄 것이다.

우리는 모두 누군가의
조건 없는 사랑을 받고 자란 존재였음을

• 아빠는 나의 든든한 응원군이었다. 모범생인 오빠나 동생 옆에서 언제나 모자라 보이는 나를 유일하게 믿어주었다. 다른 아이들이 '올 수' 성적표를 받아 와도 미, 우가 섞인 내 성적표를 더 열을 올려 칭찬해주었다. 너는 대기만성형이라고, 클수록 더 잘 될 거라고 말해주었다. 어린 마음에 기가 죽을까봐 그랬겠지만 아빠가 나를 믿어준다는 게 기뻤다. 결코 실망시키고 싶지 않았다.

내 성적은 어정쩡했지만 아빠는 무리를 해서 나를 서울에 있는 대학에 보내주었다. 가난한 형편에 사치란 걸 알면서 나도 욕심이 났다. 하지만 나는 아빠의 기대에 부응하지 못했다. 대학 졸업 후에도 몇 달을 취업을 못해 고생했고, 겨우 들어간 변변찮은 회사에서도 오래 버티지 못하고 이 직하길 반복했다.

스물아홉엔 갑자기 회사를 그만두더니 달랑 메일 한 통 보내고 네팔로 떠나버렸다. 느지막이 결혼해선 또 몇 년을 아이도 안 낳고 살았다.

아빠는 살아계실 때 언제 아이를 가질 거냐고 한 번도 묻지 않았다. 돌아가신 이듬해 아이가 태어나자 엄마는 그 제야 아빠가 늘 자동차 룸미러에 달고 다녔다는 고추 모양 의 열쇠고리를 건네주었다. 혹시나 부담을 줄까 참고 또 참 았지만 아이가 태어나길 많이 기다리셨단 말과 함께.

원하던 손자는 아니었지만 아빠가 떠난 해 찾아온 딸은 웃는 얼굴이 제 외할아버지를 꼭 닮았다. 마치 아빠가 내게 보내준 선물인 것처럼.

딸을 낳고 키우며 알았다. 자식은 부모의 바람대로 태어 나지도 자라지도 않는다는 걸. 처음 딸이란 말을 들었을 때 부터 얼굴은 엄마를, 성격은 아빠를 닮았으면 했지만 태어 난 아이는 정반대였다. 우리 부부가 아픈 부분은 안 닮고 건강하길 간절히 바랐건만 우리가 안 좋은 곳은 딸도 안 좋았다. 딸이 태어나면 발레를 가르치겠다고 꽤 오래전부터 맘먹었는데 아이는 태권도 학원에 보내달라고 했다.

《엄마가 물고기를 낳았어》라는 그림책에는 고양이 엄마와 아빠가 물고기를 낳았다는 이야기가 나온다. 아기 물고기는 엄마 고양이를 따라 그루밍도 해보고 없는 발톱을 가는 법도 배운다. 하지만 물고기가 고양이가 될 순 없는 법. 엄마 고양이가 아무리 "야옹야옹" 우는 법을 가르쳐도 아기 물고기는 물속에서 "뻐끔뻐끔" 거릴 뿐이다.

물고기는 날마다 쑥쑥 자라 더 이상 비좁은 어항 속에서 살 수 없어진다. 엄마 고양이와 물고기는 먼 길을 돌아 함께 바다로 간다. 그곳에서 엄마 고양이는 물고기를 넓은 바다에 놓아준다. 바다 속에서 둘은 처음으로 서로의 눈을 제대로 마주본다. 물고기는 헤엄치지 못하는 엄마 고양이를 해안으로 밀어 올리며 속삭인다.

"엄마, 고양이가 되지 못해 미안해. 사랑해."

카페 한편 서가에 서서 책을 읽던 나는 이 대목에서 그만 눈물을 흘리고 말았다. 물고기가 어떤 마음으로 엄마 고양이에게 이 말을 했을지 너무 잘 알고 있었다. 늘 부족한 딸이었던 나는 아빠의 자랑스러운 딸이 될 기회를 영영 잃어버렸다.

만약 아빠가 내 곁에 있다면 나는 제일 먼저 딸아이를 보여줄 것이다. 아이는 말하는 것도 배우는 것도 빨랐다. 사랑을 듬뿍 받고 자라선지 사람을 좋아하고 모르는 사람이 울고 있으면 먼저 가서 눈물을 닦아줄 정도로 마음이 따뜻하다. 잠들기 전엔 좋아하는 사람들의 이름을 하나하나 부르고는 해맑게 웃으며 "다 좋아. 오늘도 행복해"라고 말한다.

나는 딸아이가 얼마나 사랑스러운지, 또 얼마나 나를 감동시키는지 아빠에게 밤새워 이야기할 것이다. 그리고 내가 쓰고 있는 이 글에 대해 이야기할 것이다. 이 글이 누군가에게 가닿아서 한 사람이라도 더 위로받고 힘을 냈으면 좋겠다고 말할 것이다. 그럼 아빠는 어떤 표정을 지을까. 어떤 말을 할까.

문득 한 장면이 떠올랐다. 오래도록 꿈꿔왔던 상담심리 대학원에 합격했다는 소식을 전했을 때 아빠가 환하게 웃던 모습이다.

병원 응급실에서 가느다란 호스에 의지해 힘겹게 숨을 몰아쉬던 아빠가 그때만은 온 얼굴이 활짝 피어날 만큼 밝게 웃었다. "잘했다, 잘했다" 말해주었을 때 내 오랜 슬픔도 녹아내렸다.

아빠가 원한 성취는 아니었어도 아빠는 늘 내가 내 방식대로 살아가는 과정을 응원해주었다. 한 발 한 발 내디딘 작은 도전을 장하다고 칭찬해주었다.

아빠가 보고 싶어 가슴이 시린 날이면 아빠가 돌아가시던 마지막 밤의 기억을 떠올린다. 병원에서 죽기를 거부하고 집으로 돌아온 아빠는 다음 날 아침 숨을 거뒀다. 그 밤, 홀로 모로 누운 아빠가 외롭고 쓸쓸해 보여 아빠 옆에 가 누웠다. 아빠는 말없이 내 눈을 들여다보다가 내 머리를 쓰다듬고, 눈썹을 만져보고, 귀를 쓸어보았다. 영원히 기억에 새기려는 듯 가만가만 오랜 시간을 공들여 만져보았다.

매일 밤 아이를 재우기 위해 자리에 누울 때마다 아이의 눈을 들여다보게 된다. 아빠는 그때 어떤 마음으로 나를 보았을까. 아빠가 내게 그랬던 것처럼 아이의 머리를 쓰다듬고, 눈썹을 만져보고, 귀를 쓸어본다. 아이는 나를 보며 배시시 웃는다. 거기에 그날의 내가 똑같이 아프게 웃으며 누워 있다.

우리는 모두 한때 '누군가의 사랑받는 아이'였다. 그 누군가는 내가 어떤 아이인가와는 상관없이 나를 사랑했다. 아이는 처음부터 저만의 세계를 가지고 태어난다. 아이는 그 세계 안에서 구르고 뛰고 날아오르며 제 가능성을 꽃피운다.

아이의 모든 성공과 실패는 오롯이 아이의 것이다. 부모는 그저 기대하고 응원할 뿐, 아이에겐 누구의 기대도 만족시킬 의무가 없다.

그래도 조건 없는 사랑을 받은 아이라면 반드시 그 사랑에 보답하고 싶어질 것이다. 하여 날마다 다짐할 것이다. 언젠가 다시 만났을 때 "잘 살았어요"라고 말할 수 있도록, 오늘 하루도 열심히 살겠노라고.

엄마와 닮았지만
엄마와는 다르게 살고 싶어

• "왜 이렇게 말을 안 들어!"

또 아이에게 화를 내고 말았다. 언제나처럼 사소한 이유였을 거다. 그런데 그날은 가슴속에서 불덩어리 하나가 치밀어 올라 예고도 없이 큰소리를 내질렀다.

'이게 아닌데' 싶었지만 멈출 수가 없었다. 머리와 입이 따로 노는 것처럼 거친 말들이 와르르 쏟아져 나왔다. 아이는 눈물이 그렁그렁해져선 물었다. "내가 잘못한 거예요? 내가 나빠요?" 손바닥만한 얼굴이 간절한 눈으로 나를 올려다봤다. 그 얼굴에 어린 시절의 내가 그대로 겹쳐 보였다. 쿵 하고 심장이 떨어지는 소리가 들렸다.

'아, 나도 엄마를 닮았구나.'

온몸에 소름이 쫙 돋았다.

엄마는 화가 많은 사람이었다. 한번 화를 내면 모든 걸 태워버릴 듯이 강렬하게 화를 터뜨렸다. 처음엔 일 년에 서너 번꼴이었는데, 나중엔 이틀에 한 번꼴로 화를 냈다. 몇 시간이고 불을 뿜듯 분노와 비난과 원망의 말을 토해내는 엄마의 모습은 마치 활화산 같았다.

화산이 폭발하고 난 자리엔 폐허만 남았다. 어린 나는 엄마가 언제 또 폭발할지 모른다는 불안에 늘 가슴이 두근거렸다.

엄마의 화를 고스란히 겪으며 자란 나는 화내고 싶지 않았다. 참다 참다 화를 내면 나 자신이 혐오스러워 한동안 자책했다. 분노하는 내 모습에 엄마의 모습이 겹쳐 보이는 게 진저리쳐지게 싫었다. 그래서 화가 나도 화가 난다는 걸 인정하지 않았다. 마음속에 작은 불덩이가 일면 밟아 끄기 바빴다. 그 불길이 번져 나를 다 태우고 주변 사람들까지 다치게 할까 겁이 났다. 정확히는, 아무도 내 곁에 남지 않을까봐 두려웠다.

내가 내 안의 화와 제대로 마주한 건 아이를 낳고도 한참 후였다. 대인관계를 주제로 한 집단 상담에 갔는데 그곳 사람들은 내가 화를 내지 않는 게 이상하다고 했다. 마땅히 화를 내야 할 때도 차분하고 이성적인 모습이라서 거리감이 느껴진다는 것이었다.

너도나도 자극하는 말들을 하니 결국 화를 내고 말았다. 여러 사람 앞에서 소리 지르며 화를 냈다는 게 부끄러웠지만 남들은 조금도 신경 쓰지 않았다. 오히려 화내는 게 더 자연스러워 보인다고, 나를 더 잘 이해하게 됐다고 했다.

화를 내면 사람들이 싫어할 것 같아서 오랜 세월 꾹 참아왔는데 더 인간적으로 보인다니…. 혼란스러웠다.

어쨌든 그날 이후 나는 조금씩 내 안의 화를 표현하기 시작했다. 문제는 한 번 화를 내고 보니 자꾸 화를 내게 된다는 것이었다. 아침에 남편까지 깨워야만 한다는 게 화가 나고, 아이가 떼쓰는 게 화가 나고, 운전 중에 옆 차가 끼어드는 게 화가 나고, 수화기 너머 목소리가 퉁명스러운 게 화가 나고, 택배보관함에 대충 던져진 내 물건에도 화가 났다. 시도 때도 없이 나는 화를 표현하다 보니, 이 모습이 원래부터 내 모습이었던 듯이 자연스러웠다.

그러다 그 일이 터졌다. 명절 연휴에 엄마가 불같이 화를 냈는데 나도 똑같이 화를 내버린 것이다. 그날 나는 평생을 눌러 참은 화력을 끌어모아 한번에 터뜨렸다. 두 개의 활화산이 부딪혀 맹렬하게 폭발했다.

잠깐의 휴지기가 찾아왔을 때 내가 "엄마가 무서워요" 하자 엄마도 나를 똑바로 쳐다보더니 "나도 니가 무섭다" 하고 툭 내뱉었다. 순간 웃음이 터졌다.

"똑 닮았네."

처음이었다. 내가 엄마와 닮았다는 걸 스스로 인정한 것은. 나도 엄마처럼 화가 많은 사람이었다. 신기하게도 예전처럼 그 사실이 불편하지 않았다. 화 자체는 많고 많은 감정 중 하나일 뿐, 화라는 감정을 인정하고 다룰 줄만 알면 무서울 게 없다는 생각이 들었다.

오히려 관계에는 화가 필요할 때도 있었다. 그날 이후 엄마가 조금씩 달라졌기 때문이다. 예전엔 전화해서 자기 할 말만 하던 엄마가 내 안부를 먼저 물었다. 말할 때도 조심스럽게 이야길 꺼냈다. 가끔 아이였던 내게 한 말을 후회

하기도 했다. 옹알이하듯 서툴게 사랑한다는 말도 했다.

나 역시 엄마에게 내 이야기를 해도 되겠다는 안정감이 생기자 조금씩 속내를 털어놓기 시작했다. 확실히 우리 관계의 결은 달라졌다. 적당한 거리감이 생겼지만 그만큼 편안해졌다. 지금은 이 정도가 딱 좋다. 만약 더 가까워지길 원한다면 우리는 다시 싸워야 할지도 모른다. 하지만 나는 기꺼이 싸울 것이다. 이제는 그럴 용기가 생겼으니까.

우리는 종종 자신에게서 그토록 싫어하던 부모의 모습을 본다. 아이에게 묵힌 분노를 표출하던 나처럼.

그 모습이 끔찍해서 도망치면 같은 실수를 반복하게 된다. 같은 문제에 계속해서 걸려 넘어지는 건 문제를 더 이상 외면할 수 없다는 신호다. 문제를 해결하려면 제대로 마주보는 수밖에 없다.

나는 여전히 화를 잘 낸다. 그러나 내가 화를 잘 낸다는 사실을 인정하고부터 화를 가라앉히기가 한결 쉬워졌다. 자책도 줄었다. 지나치게 화를 내고 나면 반드시 아이를 끌어안고 사과한다.

"엄마가 너무 화내서 무서웠지? 미안해. 조금씩 화를 덜 내려고 노력할게."

엄마는 자신의 화를 다룰 줄 몰랐지만 나는 이 화를 다루는 법을 배울 것이다. 그리하여 엄마와 다른 삶을 살 것이다. 때로는 화를 내고 때로는 절제하고 필요할 땐 적절히 이용하며 살 것이다. 그렇게 내 화를 다룰 수 있게 되면 남의 화도 다룰 수 있게 될 것이다.

내 목표는 화를 '안' 내는 사람이 되는 것이 아니라, 화를 '잘' 내는 사람이 되는 것이다.

흉터를 안고 나아가는 마음

개인 상담을 받으러 간 첫날, 상담 선생님은 대뜸 우리 가족 3대의 역사부터 물었다. 나의 조부모는 어떤 사람이었고 부모는 어떤 사람이었는지 나는 어떤 사람인지 각자가 살아온 역사를 묻고는 칠판 위에 '가계도'(가족관계를 선과 도형으로 나타낸 그림으로 상담에서는 가족구성원 간의 관계에 대한 자세한 정보를 수집하기 위해 활용된다)라는 것을 쓱쓱 그려나갔다.

가계도 위에선 우리 가족과 나의 우울 간의 상관관계가 한 줄로 설명되었다. 우울은 나의 문제였지만 조부모 때부터 아니 그 전 세대부터 면면히 내려온 우리 가족의 문제이기도 했다. 그래도 내 삶에 가장 큰 영향을 끼친 한 사람을 꼽으라면 엄마를 꼽을 수밖에 없다.

어린 시절 우리 집은 대체로 조용했다. 내가 자잘한 잘못과 실수를 저지르는 날만 빼면 말이다.

엄마는 몇 시간이고 울고 소리를 질렀다. 그날 일에 대한 훈계로 시작해 몇 년 전 일로 옮겨가고 내 존재에 대한 부정과 자신의 힘든 처지에 대한 한탄으로 이어지는 길고 긴 훈육의 시간이었다. 어떤 날은 그러다가 밤을 꼬박 새웠다.

지금 생각하면 나는 그저 도화선일 뿐 엄마는 참고 참은 자신의 슬픔과 화를 터뜨리는 거였지만 그때는 그걸 몰랐다. 그저 나는 '쓸모없는 아이'이니 나만 없어지면 우리 집은 행복해질 거라고 믿었다. 그래서 나 자신을 몹시도 미워하며 유년 시절을 보냈다.

나는 습관처럼 눈치를 살피는 어른으로 자라났다. 학교에서든 직장에서든 실수하지 않으려고 필사적이었다. 누군가의 기대를 만족시키지 못하면 한순간 나락으로 떨어졌다. 선생님이나 직장상사 앞에선 저 사람이 날 어떻게 볼까, 날 쓸모없다고 생각하는 게 아닐까, 늘 전전긍긍했다.

그러다 보니 스스로를 못살게 구는 완벽주의자가 되어

버렸다. 남들이 잘한다고 칭찬해도 내 눈엔 내가 못나고 부족해 보였다. 누군가와 가까운 관계가 되는 것도 힘들었다. 내 진짜 모습을 알면 모두가 떠날 것만 같았다.

사는 게 한없이 외롭고 무서울 때면 '이 모든 일의 시작'이라 믿은 엄마를 떠올렸다. 엄마 탓을 하고 엄마를 미워하면 잠시나마 자기비난과 자기혐오에서 벗어날 수 있었다. 하지만 언제부턴가 어른이 되었는데도 여전히 엄마를 원망하는 내 모습이 답답해졌다. 크고 작은 고비로 넘어질 때마다 엄마 핑계를 대는 것도 지겨웠다. 이제 그만 내 삶에서 엄마가 차지하는 비중을 줄이고 싶었다.

내겐 두 가지 선택지가 있었다. 엄마가 한 일을 잊어버리거나 엄마를 용서하는 것. 잊어버리는 건 애초에 틀린 것 같으니 용서해야 한다는 결론이 났다. 하지만 아무리 머리로 용서하겠다고 마음먹어도 마음으로는 용서가 되지 않았다. 진짜 용서는 아주 오랜 시간이 지나고서야 가능했다.

어느 날 문득 엄마를 보는 게 힘들지 않았다. 예전의 엄마는 내가 상대하기엔 너무 크고 무서운 존재였는데 더 이상 그렇게 보이지 않았다. 마치 달려도 달려도 끝이 보이지 않던 초등학교 운동장이 어른이 되고 가보니 너무 작아서 어이없는 웃음이 터진 것처럼, 어느 순간 엄마가 나처럼 상처받기 쉬운 사람으로 보였다.

'측은지심(惻隱之心)'이란 게 처음으로 엄마를 향해 생겨났다. 내가 이미 엄마를 용서했다는 걸 깨달은 건 그때였다. 진짜 용서는, 용서해야 한다는 마음조차 잊어버릴 때 이뤄지는 것이었다.

그 순간을 맞이하기까지 나는 먼 길을 돌았다. 엄마를 용서하기 위해선 먼저 나부터 용서해야 했다. 한 번도 엄마의 비난과 폭력에 맞서지 못했던 건 엄마가 옳아서가 아니라 그때의 내가 너무 어리고 힘없는 아이였기 때문이라고, 나 자신에게 말해주어야 했다.

그래도 내가 뭔가 문제가 있고 부족해서 혼난 거라고 믿는 내 안의 아이에게, 너는 존재 자체로 귀하고 소중하다고 그럼에도 잘 자라주어 고맙다고 몇백 번이고 말해주었다.

그러고 나니 비로소 엄마가 보였다. 엄마는 어떤 삶을 살았기에 그리 되었을까, 처음으로 엄마가 궁금해졌다. 그때 도움을 받은 게 상담 선생님이 내게 그려주었던 '가계도'였다. 상담심리대학원에서 가족치료 수업을 들을 때도 이 가계도 그리기가 과제로 나왔다. 내 손으로 가계도를 그리고 가족 구성원 각자에 대해 내가 이해하는 바를 써나갔다. 쓰다 보니 10페이지나 되었는데 그중 엄마에 대한 분량이 가장 많았다. 과제를 내고 나니 엄마를 조금은 이해할 수 있을 것 같은 기분이 들었다. 대체 엄마는 왜 그렇게 불안정했는지, 왜 그렇게 자식들 공부에 목을 매었는지, 왜 그렇게 경제적인 문제에 예민했는지 하나하나 이해되었다.

나의 엄마가 아닌 누군가의 딸로서, 아내로서, 엄마로서, 같은 여자로서 엄마의 삶을 바라보니 엄마가 안쓰럽고 대견하기까지 했다. 물론 그렇게 머리로만 이해된 엄마의 삶이 가슴으로 내려오기까지는 또 오랜 시간이 걸렸다. 용서는 그렇게 천천히 이뤄졌다.

한때는 과거를 다 잊어버리고 용서하지 못하는 내가 싫었다. 엄마도 미웠지만 엄마 때문에 나 자신을 사랑하지 못하는 내가 더 미웠다. 엄마는 다 잊어버렸는데 나는 왜 아직도 엄마 탓을 하며 초라하게 사는 걸까, 억울하고 화도 났다. 상처 때문에 나라는 사람이 손쓸 수 없이 망가져버린 건 아닐까 자문한 적도 많았다.

그런데 나를 용서하고 엄마를 용서하려 애쓰는 그 모든

날들이 꼭 나쁜 것만은 아니었다. 무엇보다 내 상처만 보던 내가 다른 사람의 상처도 볼 수 있게 되었다. 나처럼 상처받고 나약하고 인간적인 사람들에게 공감하고 그들을 감싸줄 수 있게 되었다.

용서는 나를 흉터 하나 없이 깨끗한 원점으로 돌려주진 못했다. 그래도 그 흉터를 가지고 새로운 인생을 살게 해주었다.

그래서 정작 엄마를 용서했다는 사실을 깨달았을 땐 담담한 마음이 들었다. 마치 힘들게 산에 올라 아래를 내려다보는 기분 같았다. 그때의 나는 이미 다음 산을 오르고 있었다. 그 산은 더 이상 엄마의 발길이 닿지 않는 나만의 산이었다.

비교를 멈추려면

• 못난 마음인 줄 알면서도 습관처럼 남들과 나를 비교하게 된다. 언제부터 이랬는지 거슬러 올라가 보니 까마득한 초등학교 시절의 기억에 가닿았다. 그 시절 나는 공부 잘하기로 소문난 오빠와 동생 사이에서 평범한 둘째로서의 비애를 찐하게 느끼고 있었다.

그날은 우리 삼 남매의 가을 운동회 날이었다. 엄마는 제일 좋은 외출복을 차려 입고 학교에 왔다. 운동장 한편에 돗자리를 깐 다음 3단 찬합에 담긴 맛있는 음식들을 착착 펼쳐 놓았다. 그날의 엄마는 눈부시게 예뻐서 모두에게 "우리 엄마야"라고 마음껏 자랑하고 싶었다.

나도 엄마에게 자랑스러운 딸이 되고 싶었다. 그래서 단체 율동 시간엔 누구보다 열심히 몸을 흔들었다. 심각한 몸치인 내가 한 동작도 틀리지 않은 건 기적에 가까웠다. 그런데 이어진 달리기 시합에선 그만 꼴찌를 하고 말았다. 출발은 좋았는데 점점 맥을 못 추다가 저만치 뒤처져 결승선에 들어왔다. 오빠와 동생은 일찌감치 일등 상품을 챙긴 뒤였다. 나 혼자 빈손으로 돌아가려니 기운이 쭉 빠졌다. 그때 눈치 없는 담임 선생님이 내 어깨를 툭 치며 핀잔을 주었다.

"야. 오빠랑 동생은 공부도 잘하고 달리기도 잘하는데 너는 왜 그 모양이냐."

순간 눈물이 핑 돌았다. 왜 나는 늘 누구 동생, 누구 언니로만 평가받아야 할까. 생각해보니 동네 아줌마들도 그랬다. 엄마를 부를 때 항상 오빠나 동생 이름을 따서 "○○이 엄마"라고만 불렀지 한 번도 내 이름을 넣어 부른 적이 없었다. 엄마도 내가 엄마 딸인 게 부끄러울까, 생각하니 속상하고 서운했다. 따로 떼어서 보면 나도 나쁘지 않은데 뭐든 잘하는 형제들 옆에 있으니 매사에 비교가 되어 더 초라해 보이는 것 같았다. 단 한번만이라도 좋으니 나로서만 온전히 평가받고 싶었다.

셋 중 유일하게 서울에 있는 대학을 선택한 건 그래서였다. 전문직을 꿈꾸던 오빠와 동생은 고향에 남았다. 세월이 흐르고 보니 그때의 선택이 내게는 옳았다.

비교는 마음의 습관이다. 내게서 남보다 못한 면만 찾아내는 나쁜 버릇이다. 한번 든 버릇은 고치기가 쉽지 않다. 끝없이 남과 나를 비교하며 서서히 마음이 병들어간다. 나중엔 박탈감과 좌절감에도 익숙해져서 '내가 그렇지 뭐'라며 자조적으로 웃게 된다. 패배의식에 젖은 사람은 새로운 것에 도전하지 못한다.

이 지긋지긋한 비교를 멈추려면 나와 너를 분리해서 생각하는 연습을 해야만 한다. 머릿속에서 분리하기 어렵다면 나처럼 환경이라도 분리해야 한다.

그런데 요즘엔 환경을 분리하는 것조차 쉽지 않다. 언제 어디서든 켤 수 있는 SNS 때문이다. 너도나도 실시간으로 일상을 올리는 SNS는 경쟁을 부추긴다. 신상품을 제일 먼저 착용했다고, 한정판을 구했다고, 핫플레이스에 다녀왔다고 앞다투어 인증샷을 올린다. 팔로워 수나 좋아요 수부터가 경쟁이다.

요즘 젊은 세대가 박탈감을 더 자주 느끼는 데에는 눈에 보이는 것, 소비적인 것으로만 비교되는 SNS의 영향도 크다고 한다. 안그래도 결혼, 취업 같은 인생의 중대 과제를 마주한 20~30대는 타인과의 비교가 심한 편인데 SNS가 있어 그 정도가 더 심해지는 게 아닐까.

40대인 나도 SNS를 보면 종종 우울해진다. SNS엔 맛있는 것, 예쁜 것, 좋은 곳에 대한 정보가 넘쳐나는데 현실이 뒷받침이 안될 때다. 그럴 때는 '좋아요'를 누르는 대신 휘리릭 피드를 넘겨버린다. 마음속에 자란 물욕을 떨치려고 더 세게 손가락을 튕긴다.

처음 SNS를 시작한 건 아이를 낳고서였다. 육아에 도움 되는 정보나 찾아보자는 가벼운 마음이었다. 그런데 SNS 속 엄마들은 나와 달랐다. 출산 후에도 군데군데 군살이 남았고 머리털이 뭉텅뭉텅 빠지는 나와 달리 늘씬한 몸매에 풍성한 머릿결을 자랑했다. 아이와 커플룩을 차려입고 예쁜 카페에서 우아한 포즈로 찍은 사진을 올리기도 했다. 이틀째 못 감은 머리에 모자를 눌러쓰고 츄리닝 바람으로 테

이크아웃 카페의 1,500원짜리 아메리카노를 마시는 내게
는 저세상 이야기였다.

나만 이렇게 사는 건가 울적해질 무렵, 같은 아파트 단
지에 살던 동네 엄마가 말을 걸어 왔다. 모르는 사람과 길
에서 이야기를 나눈 건 그날이 처음이었다.

모두 "(아이가)몇 개월이에요?"라는 마법의 질문 덕분
이다. 엄마들은 이 질문 하나면 스스럼없이 친구가 된다.
서로의 아이가 잘 자는지, 이유식은 잘 먹는지, 똥은 잘 누
는지 이야기하다 보면 사는 게 다 거기서 거기라는 생각이
든다. 이야기 사이사이에 추임새까지 넣으며 공감을 표현
하는 동안 마음이 점점 편안해진다. 나만 이상하거나 모자
란 엄마가 아니라는 안도감 덕분이다.

어느 순간 그런 생각이 들었다. SNS에 인증샷을 올리는
그들이라고 매일 행복할까 하는 생각. 사실 SNS에는 나의
내밀한 사정을 올리기가 어렵다. 직장 사람들이나 먼 친구
들이 볼지도 모르는데 개인적인 일까지 굳이 올리지 않는
다. 나쁜 일 대신 좋은 일만 보여주고, 소소하고 평범한 날
보단 화려하고 멋진 날만 기록한다. SNS에선 잘사는 것처
럼보이는 친구도 만나보면 "사실은 말야…"라며 힘든 이

야기를 꺼내는 이유다.

SNS로 전하는 소식보다 그 뒤에 숨겨진 이야기가 나는
더 궁금하다. 이왕이면 내 친구들과는 얼굴을 마주 보고 이
야기를 나눴으면 좋겠다. 좋은 일은 SNS나 전화로도 축하
해줄 수 있지만 나쁜 일은 꼭 만나서 위로해주고 싶다. 옆
에 있어야 등이라도 두드려주고 손이라도 잡아줄 수 있으
니까.

그러고 보면 행복보다 고통이 서로 나누기에 좋은 것 같
다. 고통은 우리가 서로 다르지 않다는 걸 알려준다. 나와
비슷한 고통을 겪고 있는 친구에게는 자연스레 공감과 연
민을 보내게 된다. 일종의 '고통의 연대'인 셈이다. 이 연
대 안에서는 서로 비교하지 않고 각자의 삶을 응원한다.

그래도 남과 나를 비교하는 걸 멈출 수 없다면 권하고
싶은 방법이 있다. 나를 더 발전시키는 건강한 동기의 비교
만 하자는 것이다.

최근 '육각형 인간'이란 말을 배웠다.《트렌드 코리아
2024》에도 소개되었다는 이 육각형 인간은 뭐든 다 가진
완벽한 사람이라는 뜻이다. 사람이 가진 조건을 외모, 자

산, 집안, 성격, 학력, 직업 등 여섯 개의 꼭지점에 두고 빠짐없이 다 만족하는 '올라운더(All-rounder)'를 육각형 인간이라 부른다는 것이다. 하지만 내게는 뾰족한 모서리 하나 없는 이 육각형 인간이 밋밋하고 매력 없이 보인다. 차라리 나만의 뾰족한 모서리가 있는 사람이 훨씬 더 멋지다.

세계적인 바둑기사 조훈현은《고수의 생각법》이란 책에서 인생을 바둑에 비유한다. 바둑에는 '류(流)'라는 것이 있는데 류는 바둑을 두는 그 사람만의 독특한 기풍이라고 한다. 조훈현은 "바둑기사에게 자신만의 류는 일종의 자아이며, 세상을 어떤 식으로 살아가겠다는 나만의 선언"이라고 말한다.

인생을 살아가는 데도 나만의 류가 있었으면 좋겠다. 그러면 뭘 샀다, 뭘 먹었다, 자랑하는 SNS 속 그들을 곁눈질하느라 상대적 박탈감을 느끼지 않아도 된다. 사는 것은 정해진 길을 달리는 레이스가 아니니, 남들과 속도 경쟁을 하며 뛸 필요가 없다.

다행히 요즘은 뭐든 하나만 잘해도 인정받는 사회 분위기가 만들어진 것 같다. 유튜브만 보아도 하나만 잘하는 사람이 넘쳐난다. 그러니 모든 걸 비교하지 말고 나한테 진짜 중요한 딱 하나만 비교하면 좋겠다. 이것만은 남과 비교해도 질 수 없다는 생각이 드는 것 혹은 다 갖지 않아도 이것만은 갖고 싶다 하는 것, 그 하나만 남들과 비교하기로 하자. 그러면 언젠가 누구와도 비교할 수 없는 나만의 경쟁력을 갖게 될 것이다. 그때는 내가 봐도 남이 봐도 멋져 보이지 않을까.

너의 특별함이 보일 때

한때는 내가 '특별하다'고 믿었다. 세상이 나를 중심으로 돌던 때의 이야기다. 그때는 아직 무엇도 되지 못했기에 무엇이든 될 수 있었다. 그래서 실은 내게 엄청난 능력이 있어서 모두가 부러워하는 멋진 사람이 될 거라는 터무니없는 상상을 하곤 했다.

그 상상 속에서 나는 미운오리새끼였다. 지금은 무리 속에서 빛을 내지 못하지만 어른이 되면 새하얀 날개를 펴고 누구보다 높이 날아오를 백조, 그게 나였다.

어느 날은 가수가 되어 전 세계 팬들 앞에서 노래를 불렀고, 어느 날은 스타 다큐 PD가 되어서 누구나 이름만 대면 아는 작품을 만들었다. 또 어느 날은 파일럿이 되어 하늘 위를 자유롭게 날아다니기도 했다. 늘 열등감을 가지고 살던 사춘기 아이에겐 그런 생각이 더없이 좋은 도피처가 되어주었다.

하지만 애석하게도 내게는 그런 비범한 능력이 없었다. 꿈이 어느 정도 형태를 갖출 때까진 마른 눈을 다져 눈사람을 만들듯 의미 없어 보이는 노력을 계속해야 하는데, 내겐 그만한 인내와 꾸준함도 없었다.

대학에 들어가고 취업을 하는 모든 과정이 지극히 평범했다. 늘 눈에 띄지 않을 정도로만, 부끄럽지 않을 만큼만 적당히 노력했기 때문이다. 이상과 현실의 간극은 점점 벌어져서 어느덧 돌이킬 수 없게 되었다. 하지만 참을 수 없는 내 평범함을 뼈저리게 느낀 건 아이를 낳고서였다.

엄마의 일상이란 건 지극히 단순하다. 아이가 잘 때 자고 먹을 때 먹는다. 처음에 아이는 밤낮을 빽빽 울기만 했다. 도무지 바닥에 등을 붙이지 않았다. 그런 아이를 배 위에 얹은 채로 몇 달이나 의자에서 잠들었다. 한 손에 아이를 안고 밥을 먹을 때면 음식이 코로 들어가는지 입으로 들어가는지도 알 수 없었다. 유일하게 혼자 있을 수 있는 건 화장실에 갈 때뿐이었다. 그나마도 맘 편히 앉아 일을 보려 하면 아이가 울면서 문을 두드려댔다.

내가 알고 있던 나는 점점 희미해져 갔다. 마지막으로 잘 차려입은 게 언제였는지, 집 밖에서 친구와 수다를 떨어본 게 언제였는지, 뭔가를 배운 건 언제였는지, 앞으로 뭘 할지 계획한 게 언제였는지 기억조차 나지 않았다. 온종일 아이의 요구에 따라 바지런히 몸을 움직였다. 언제나 아이가 먼저고 나는 나중이었다. 내가 없으면 자지도 먹지도 못하는 작은 생명 앞에선 어떤 엄마라도 그렇게 할 것이다. 하지만 그 대가로 내게 남은 건, 원하는 때 먹고 자고 싶다는 단순한 생물적 욕구뿐이었다.

목 늘어난 티셔츠에 슬리퍼 차림으로 유모차를 밀다가 바삐 출근하는 멋진 차림의 아가씨와 마주친 어느 날, 인정할 수밖에 없었다. 내가 꿈꾸던 나는 이미 저만치 사라져버렸다는 걸. 이제 내 인생엔 어떤 설레는 이벤트도 극적인 반전도 일어나지 않을 것이다. 그저 누군가의 엄마이자 아내로서, 회사에서 인정받지 못하는 워킹맘으로서 이렇게 시시하게 살다가겠지. 세상 모든 엄마가 그렇듯이 내 이름 석 자보다 '○○맘'으로 불리는 삶이 익숙해지는 날이 올

것이다. 그런 생각을 하면 별수 없이 또 다시 우울해지고 말았다.

그런데 신기한 일이 일어났다. 아이가 자라서 내 손길이 절대적으로 필요한 시기가 지나자 하루하루 성장하는 아이의 모습이 온전히 눈에 들어오기 시작했다. 모든 게 '처음'인 아이는 제 방식대로 부딪히고 깨지며 인생의 과제를 마주하고 있었다. 그 모습이 내게는 날마다 특별하게 느껴졌다.

이제 막 걸음마를 시작할 무렵이었다. 아이는 한 발 뗄 때마다 신나게 박수를 치다가 균형을 잃고 넘어졌다. 곧 울먹거렸지만 무릎을 호호 불어주고 "괜찮아. 다시 하면 되지" 말해주면 웃으며 다시 일어나 걸었다. 처음엔 뒤뚱뒤뚱, 다음엔 타박타박, 마침내 폴짝폴짝. 나중엔 넘어질 때마다 "괜찮아. 다시 하면 돼" 혼잣말을 하며 씩씩하게 걸었다.

누구나 넘어질 수 있다. 중요한 건 넘어진 후에 어떻게 하느냐다. 그 자리에 주저앉아 오래 울 수도 있다. 서툰 자신을 탓하거나 옆에서 잡아주지 않은 엄마를 원망할 수도 있다. 아니면 툭툭 털고 일어나 다시 즐겁게 도전할 수도 있다.

실패를 대하는 그 작은 태도의 차이가 인생에 믿을 수 없이 큰 차이를 만들어내는 걸 나는 무수히 목격해왔다. 길게 보면 외모, 집안, 학벌보다 더 말이다. 그날 나는 아이의 반짝이는 재능을 처음으로 알아보았다. 그건 바로 넘어지고 넘어져도 또 도전하는 마음, 끝끝내 해내고는 활짝 웃어 보이는 마음이었다.

그 후로 아이가 가진 특별함이 하나둘 눈에 들어왔다. 포기하지 않는 근성과 강한 승부욕, 누가 울고 있으면 다가가서 안아주는 탁월한 공감능력, 아름다움을 본능적으로 알아보는 예술성, 한 번 보면 곧잘 따라 만들 줄 아는 손재주…. 어떤 것은 나나 남편에게도 있는 것이었지만 어떤 것은 전혀 새로운 것이었다. 아이의 독특한 개성을 발견하는 날들은 그래서 더 신기하고 경이로웠다. 육아란 내가 아닌 너의 특별함을 발견하는 과정이었다.

아이는 무럭무럭 자라서 함께 어울리는 친구가 생겼다. 어느 날 다 함께 놀이터에서 신나게 뛰어놀던 때였다. 뻔한

놀이를 하는데도 아이들 각자의 개성이 그대로 드러났다. 리더십이 강한 아이, 매번 새로운 규칙을 만들어내는 아이, 어떻게든 이기고 싶어 하는 아이, 친구의 기분을 먼저 헤아리는 아이, 그저 즐거운 아이…. 어쩌면 저렇게 다 다를까 싶어 웃음이 났다. 늦은 오후 비스듬히 비치는 따스한 햇살 아래서 아이들은 저마다의 색깔로 반짝였다. 다 모이니 색색의 무지개가 되었다.

그제야 내가 '특별하다'는 말에 대해 꽤 오랫동안 오해해왔다는 걸 깨달았다. '특별하다'는 말은 아주 소수의 사람들에게만 허락된 말인 줄 알았다. 꺼벙이 안경을 쓴 클라크가 망토 하나면 슈퍼맨이 되어 세상을 구하듯이, 타고난 능력이 있어야 혹은 누구나 인정할 만큼 멋진 일을 해야 특별해지는 건줄 알았다. 그래서 내가 가진 특별함을 나조차도 제대로 봐주지 않았다. 내게도 저 아이들처럼 반짝이는 면이 있었을 텐데 다른 사람들처럼 보지 못하고 지나치고 말았다.

어쩌면 당연한 거였다. 우리가 가진 특별함이란 처음엔 아주 작은 '씨앗'에 불과하기 때문이다. 바쁜 걸음을 멈추고 허리를 깊숙이 숙여 들여다봐야만 보이는 작은 씨앗 말이다. 씨앗은 어떤 꽃이 될지 저마다의 가능성을 품고 태어나지만 꽃을 피울 수 있을지 없을지는 우리에게 달려 있다. 정성스레 물을 주고 햇볕에 내어 놓아야 아름답게 피어난다. 그러나 슬프게도 한 번 피어보지도 못하고 쓰러지는 꽃이 세상엔 너무나 많다.

어린 시절 내가 꿈꿨던 특별함은 '나만 특별해. 나는 너보다 잘났어'라는 의미에 가까웠다. 그러나 이제는 그 말이 얼마나 덧없는지 안다.

우리는 모두 다른 색으로 빛난다. 그래서 서로를 지지하고 응원할 수 있다. 각자의 색깔로 빛나는 특별한 사람들이 모이면 오묘하고 아름다운 색이 만들어진다. 아이들이 놀이터에서 만들어낸 무지개처럼 말이다.

아이에게 배운 대화의 기술

· 내 어린 시절 꿈 중 하나는 '꼰대가 되지 않는 것'이었다. '어른이 말씀하면 따르는 거야', '버르장머리 없이 말대꾸 하지 마라', '어디 어른들 하는 말에 끼어드니'의 핀잔 3종 세트를 하지 않는 민주적인 어른이 되고 싶었다. 어린아이의 말도 귀 기울여 듣고, 그 말이 옳다면 내 의견을 고치며, 필요하다면 사과도 할 수 있는 열린 마음의 어른이 있다면 얼마나 멋질까, 라고 생각했다.

마흔을 넘긴 지금까지 꿈꾸던 어른이 되기 위해 나름의 소소한 노력을 기울이며 살아왔다. '권위 있는 사람은 되어도 권위적인 사람은 되지 않겠다'라는 철학으로 나보다 어린 사람에게도 꼬박꼬박 존댓말을 썼다. 내가 잘 모르는 일이거나 상대가 원하지 않는 일인 것 같을 때는 손아랫사람에게도 쉽게 조언하지 않았다.

가능하면 그들의 의견을 존중하려고 애썼다. 덕분에 내심 꼰대는 아니라는 자부심이 있었던 것 같다.

그런데 아이를 키우는 요즘, 그런 자만이 슬슬 무너져 내린다. 아이는 네 살이 되면서부터 자기 고집이 생겨났다. 기저귀를 갈아주려 해도, 이를 닦아주려 해도 덮어놓고 "아니야", "내가 할 거야!"를 외치며 도망을 갔다. 몸이 피곤할 때는 말도 잘 못 알아듣는 녀석을 일일이 설득하기가 귀찮아진다. 그럴 때는 나도 모르게 "어허", "이놈!", "쓱~" 같은 위협적인 소리를 내며 간단히 해결하려 들었다.

뒷말이 생략되었지만 나도 알고 있었다. 저 말은 "어허. 엄마가 말하는 데 따라야지", "이놈! 어디서 버릇없이 말대꾸야?", "쓱~ 어른 말에 토 다는 거 아니야!"라는 말과 같은 뜻이라는 걸.

그런데, 이 말 어디서 많이 들어봤다. 내가 그토록 싫어하던 어른들의 말과 똑같다.

순간 불편한 마음이 올라왔지만, 사는 게 팍팍하니 가끔은 그래도 되지 않을까, 변명하며 그 마음을 꾹꾹 밟아버렸다. 무엇보다 '어린애가 뭘 알겠어'라며 쉽게 넘겼다.

그런데 그 사건이 일어났다. 그날 나는 냉장고를 가득 채운 반찬을 두고도 저녁을 라면으로 때웠다는 남편에게 잔소리를 하는 중이었다.

자기 방에서 놀고 있던 아이가 다가와서는 내 팔을 토닥이며 따뜻한 시선을 보냈다. 마치 '엄마, 화났구나. 그럴 만해'라며 위로하는 듯한 시선이었다. 하지만 나는 그러거나 말거나 잔소리를 계속했다.

그러자 이번엔 아이가 장난감을 들고 와서는 "엄마, 놀아줘"라고 졸랐다. 순간 짜증이 나서 "지금 아빠랑 이야기하고 있잖아. 나중에 놀아줄게"라고 대답하고는 잔소리를 이어갔다.

그때였다.

"엄마, 아빠한테 간섭하지 마."

아이가 단호한 표정으로 나를 똑바로 바라보며 말했다. 순간 찬물을 끼얹은 듯 정신이 확 들었다. 나도 잔소리가 심하다고 느끼던 참이었지만 멈출 수 없었는데, 아이의 말을 들으니 입을 다물 수밖에 없었다.

시작은 남편을 배려하는 마음이었다. 최근 건강검진에서 몸이 안 좋다고 나온 남편이 자꾸 햄버거며 고기며 라면을 먹는 게 걱정스러웠다. 그런데 잔소리를 하다 보면 이게 상대를 위한 것인지, 내 화풀이인지 알 수 없어질 때가 있다. 내 감정에 빠져서 점점 언성이 높아진다. 이게 아니란 걸 알면서도 멈출 수가 없어진다.

그런데 아이는 마치 그런 내 마음을 아는 것처럼 잔소리를 멈추도록 도왔다. 처음에는 내 감정을 있는 그대로 인정해줬고, 다음에는 장난감으로 신경을 분산시키려 했고, 마지막에는 내 행동이 옳지 않다는 걸 직접적으로 알려줬다.

돌아보면 아이는 늘 그랬던 것 같다. 공감이 먼저였고, 조언은 나중이었다.

아이처럼 나도 라면을 먹고 싶었던 남편의 감정을 먼저 공감해 주고 나중에 걱정하는 마음을 전달할걸. 그랬다면 남편도 흔해 빠진 잔소리가 아니라 자신을 염려하는 말로 들었을 텐데. 하는 생각이 들어 후회가 되었다.

물론 처음부터 아이의 말이 달가웠던 건 아니었다. 어른 인 내가 아이에게 그런 말을 듣는다는 게 부끄럽고 민망하고 화가 났다. 평소에 하듯이 아이에게 "어디 어른들 하는 말에 끼어드니?"라고 쏘아붙이고 싶었다.

하지만 그렇게 되면 내가 꿈꾸던 어른이 되는 날은 또 하루 멀어질 것이다. 그래서 잠시 숨을 고르고 호흡을 가다듬은 다음 아이에게 대답했다.

"그러네. 네 말이 맞아. 엄마가 아빠에게 지나치게 간섭했네. 잔소리 그만할게. 알려줘서 고마워."

아이는 흐뭇한 미소를 지으며 고개를 끄덕였다. 그리고 아빠에게도 사과를 하는 것이 좋겠다고 이야기해주었다. 나는 아이가 시키는 대로 했다.

멋진 어른이 되는 건 결코 쉽지 않은 일이었다.

가까운 사이에도
바람이 지나갈 공간이 필요해

"결혼할 사람은 한눈에 알아보나요?"라는 질문을 받은 적이 있다. 글쎄, 다른 사람은 어떨지 모르겠지만 나는 그랬던 것 같다. 처음부터 남편이 다르다는 걸 알았다.

우리는 서로 닮은 점이 많았다. 가치관과 취향이 비슷해 몇 시간을 이야기해도 지루하지 않았다. 말이 많은 편이 아닌데도 그 앞에 있으면 쉴 새 없이 떠들게 됐다. 내 이야기에 귀를 기울일 때 그의 얼굴에 잔잔하게 번지는 웃음이 좋았다. 그 웃음을 보고 있노라면 왠지 자신감이 차올랐다. 어쩌면 나는 남편과 계속 이야기하고 싶어서 결혼했는지도 모른다. 우리는 같은 삶의 목표를 세웠다. 함께 성장하는 삶, 함께 행복한 삶을 살자는 것이었다.

비교신화학자인 조셉 캠벨은 《신화의 힘》에서 결혼을 "분리되어 있던 한 쌍의 재회"라고 말한다. 동·서양 신화에 따르면 결혼은 원래 하나였던 둘이 서로의 '영적 동일성'을 인식하고 다시 하나로 돌아가는 것이라고 한다.

그런데 우리가 정말 하나일까.

결혼과 함께 너와 나를 이어주던 그 마법 같은 '영적 동일성'은 사라져버렸다. 오히려 나는 너를, 너는 나를 이해할 수 없는 '차이'가 더 크게 눈에 들어왔다. 남편과 나는 정반대였다. 나는 말하고 그는 듣는다. 나는 급하고 그는 신중하다. 나는 직설적이고 그는 은유적이다. 나는 온몸으로 감정을 표현하고 그는 부드럽게 돌려 말한다. 내가 산문이라면 그는 운문이다.

결혼 전엔 매력적으로 보이던 이 차이가 소소한 일상을 함께 하는 동안 이런저런 충돌을 빚었다. 나는 느린 남편이 답답했고 남편은 빠른 내가 부담스러웠다. 아침에 일어나는 것부터 밥 먹는 것, 외출 준비하는 것, 자기 전에 집안일을 해치우는 것까지 하나하나 스트레스였다. 싸우면 속내를 모두 털어놓는 나와 달리 제 감정을 알아차리는 데도 오랜 시간이 걸리는 남편은 제대로 다투고 화해하는 일에 서툴렀다. 남편이 말할 차례를 기다리다가 냄비처럼 펄펄 끓어오른 화가 절로 식어버리는 일도 숱했다.

살아보니 결혼은 '분리되어 있던 한 쌍의 재회'라기보다 '전혀 다른 두 세계의 만남'에 가까웠다. 삼십 년을 서로 다른 환경에서 다른 성(性)으로 살아온 두 사람이 하나가 되려니 얼마나 맞춰갈 게 많았을까.

'그 후로 오래도록 행복하게 살았습니다'라는 훈훈한 결말은 동화 속에나 존재했다. 결혼은 목적지가 아니라 출발선이었다. 운명적인 사랑에 인생을 건 두 남녀 앞엔 이제 지루한 싸움과 타협과 포기의 시간이 남았다. 그래서 조셉 캠벨도 결혼에 대한 저 로맨틱한 신화 뒤에 '결혼은 시련'이란 말을 슬그머니 보태지 않았는가. "이 '시련'은 '관계'라는 신 앞에 바쳐진 '자아'라는 제물이 겪는 것"이란 난해한 설명과 함께.

쉽게 풀어 말하자면 결혼이란 관계를 위해서 서로가 희생해야 한다는 뜻이다.

화성에서 온 남자와 금성에서 온 여자는 가정을 꾸리고 아이를 낳아 키우는 동안 내 취향, 내 욕심, 내 의견을 하나하나 굽혀간다. 이때 두 사람의 관계는 칼로 무 자르듯 공평할 수 없다. 주변의 커플만 봐도 알 수 있다. 각자의 성향에 따라 어느 한쪽이 더 맞추고 양보하는 법이다. 모든 결혼은, 관계는 그렇게 누군가의 조금 더 큰 희생 속에서 유지된다.

　우리 집에서 항상 더 희생하는 쪽은 남편으로 보인다. 현관만 들어서면 알 수 있다. 북유럽 인테리어와 우리나라 자개장의 오묘한 만남, 곳곳에 걸린 그림들, 여성스러운 그릇까지, 모든 공간이며 물건에 내 취향이 듬뿍 담겨 있다. 집안에서 남편의 취향이 온전히 반영된 공간은 안방 화장실 정도랄까. 남편에게 뭘 먹고 싶으냐고 물어도 언제나 "아내는?"이라고 되묻는다. 맛있는 가게를 찾아다니는 게 취미인 남편에게 취향이 없을 리 없다. 그저 나에게 맞춰주는 것뿐이다. 둘이 밥을 먹을 때도 남편의 젓가락은 늘 분주하다. 내 밥 위에 이것저것 반찬을 올려주다 마지막까지 남겨둔 제일 맛있는 반찬까지 슬그머니 내 쪽으로 밀어주는 게 남편이다. 요리를 곧잘 해서 이것저것 차려내기도 한다. 그의 이런 다정한 면모는 사람들을 우리 집으로 초대했을 때 더 빛이 난다.

"남편 잘 만났다"며 부러워하는 친구들에게 변명을 좀 하자면 남보다 느린 남편과 사느라 나도 보이지 않는 데서 많은 배려를 하고 있다. 지난 십 년 동안 한결같이 늦잠 자는 남편을 깨우고 아침 출근 준비를 해왔다. 아이가 태어나면서 내 아침은 두 배로 바빠졌다. 아이와 남편을 함께 깨워 나갈 채비를 한다. 남편은 무엇이든 결정하는 데 오래 걸려서 장보기도 내가 하게 됐다. 퇴근하면 기력이 떨어져 모차렐라 치즈처럼 늘어져 있는 남편 대신 아이의 준비물을 챙기는 것도, 온몸으로 놀아주는 것도, 재우는 것도 내 몫이 되었다.

이렇게 밤낮없이 분주한 삶을 살다 보면 한 번씩 대폭발할 때가 있다. 누군가 "왜 나만!" 하고 외치면 집안일의 재분배가 시작된다. 서로의 장·단점을 고려하여 내가 할 일, 네가 할 일을 다시 나눈다.

결혼이 두 세계의 만남이라면 나의 세계와 남편의 세계, 어느 한쪽도 계속 희생되지 않도록 '두 세계의 균형'을 맞춰야만 한다. 그래야만 평화로운 나날이 지속될 수 있다.

아이가 태어나고 나서 우리는 '엄마 휴가'와 '아빠 휴가'를 만들었다. 한두 달에 한 번씩 서로에게 1박 2일의 휴가를 허락하는 것이다. 반복되는 일상에 지쳐서 이러다 둘이 같이 죽겠단 생각이 들 때쯤 휴가가 돌아온다. 휴가를 받은 사람은 집을 떠나 온전한 휴식과 성장의 시간을 갖는다. 나는 이때 주로 글을 쓴다. 아이와 집에 남은 사람은 육아에 집중하며 시간을 보낸다.

엄마 휴가, 아빠 휴가는 우리에게 '따로 또 같이'를 체감하는 시간이다. 부부로서 살아가지만 너와 나에겐 각자의 삶이 존재한다는 걸, 나는 너의 성장을 늘 응원한다는 걸 서로에게 알려주는 귀한 시간이다.

이 시간은 또 서로를 위해 작은 희생을 연습하는 시간이 되기도 한다. 그렇게 휴가를 마치고 돌아오면 상대에게 더 감사한 마음이 들고 가족과 함께하는 시간이 한결 소중해진다. 우리는 이런 식으로 시소를 타며 두 세계의 아슬아슬한 균형을 십 년째 지켜오고 있다.

결혼이 함께 쌓아올리는 '관계'라는 이름의 신전이라면 남편과 나는 그 신전을 지탱하는 두 기둥이다.

칼릴 지브란은 《예언자》에서 결혼한 두 사람에게 '함께

서 있되 가까이 서 있지는 말라'고 조언한다. 사원의 기둥들이 서로 떨어져 있듯이 두 사람 사이에 바람이 불어 지나갈 공간을 만들어 두라는 것이다.

그렇게 서로의 독립성을 인정해주어도 상대의 안위에까지 무관심해져선 안 된다. 따로 또 같이 서 있는 두 기둥 중 한쪽이 무너지면 신전도 같이 무너지기 때문이다. 그러니 너의 안녕을 내 일처럼 매일 살필 수밖에. 너와 나의 다름을 존중하면서도 같은 목표를 향해 나아가는 우리의 슬기로운 결혼생활은 오늘도 계속된다.

이토록 소소하고 사소한 행복

• 내 머리가 컴퓨터가 되었다는 상상을 해 볼 때가 있다. 음악을 틀고 웹서핑을 하면서 메신저를 확인하듯이 동시에 이런저런 일들을 처리할 때다. 회사에서도 집에서도 내가 결정하고 처리해야 할 일들은 늘 쌓여 있다. 한 가지 일을 끝내고 느긋하게 다음 일에 들어갈 수가 없다. 정신을 차려 보면 이 일 저 일 옮겨 다니며 숨 가쁘게 일을 쳐내고 있다. 다행히 바쁜 걸 즐기는 편이라 일하는 동안엔 피곤한 줄을 모른다. 이미 고성능 컴퓨터가 되어버린 머리만 쉬익쉬익 팬 돌아가는 소리를 낼 뿐이다.

어떤 뇌 과학자들은 이런 '멀티태스킹'에 반대한다. 사실 멀티태스킹이란 용어 자체가 컴퓨터에게나 쓰던 말이다. 그리고 컴퓨터도 진짜로 멀티태스킹을 하는 건 아니다. 컴퓨터의 두뇌에 해당하는 CPU(중앙처리장치)가 일하는 방식을 보면 동시에 여러 작업을 수행하는 게 아니라, 여러 작업을 잘게 쪼갠 다음 그 작은 단위를 하나씩 번갈아가며 빠르게 처리하는 것이라고 한다. 다만 그 속도가 워낙 빨라서 동시에 해내는 것처럼 보이는 것뿐이란다.

이건 사람의 뇌도 마찬가지다. 우리 뇌는 한 번에 한 가지 생각만 할 수 있어서, 내가 멀티태스킹을 하고 있다고 믿어도 실제로는 이 일 저 일로 빠르게 관심을 전환하고 있다는 것이다. 그래서 뇌 과학자들은 "나는 멀티태스킹을 잘해"라고 말하는 사람조차 실제로는 이 멀티태스킹 때문에 손해를 보고 있다고 말한다. 일의 효율이 떨어지는 건 물론이고 실수가 많아지며 스트레스도 높아진다는 것이다.

하지만 내가 보기에 멀티태스킹의 가장 큰 단점은 지금 이 순간에 오롯이 집중하지 못한다는 점이다. 이런저런 생각으로 머리가 분주한 때에는 마음이 현재에 머물지 못하고 아직 오지 않은 미래에 가 있다.

이렇게 멀티태스킹이 안 좋다는 걸 알아도 내 오랜 버릇은 좀처럼 고쳐지지 않는다. 살아온 날들의 무게가 있어서 한번에 바꾸지도 못하지만, 회사나 집에서 맡은 역할을 모두 잘 해내고 싶은 욕심도 한몫하는 것 같다.

최근 다녀온 강릉 여행에서도 그랬다. 2박 3일의 짧은 여행이었지만 내 머릿속은 꽤나 복잡했다. 내일 갈 곳의 동선을 체크하고 식사 메뉴를 정하고 아침에 나갈 채비를 하느라, 저녁까지 숙소를 이리저리 누볐다. 그때였다.

"아내야. 이리 나와 봐."

아까부터 아이와 함께 사라진 남편이 창문 밖에서 웃으며 손짓을 했다.

"나 바빠. 나중에."

단칼에 잘랐는데도 계속 나오라며 손짓을 했다. 나중엔 아이까지 가세해서 "엄마 빨리 나와" 재촉하며 온몸을 흔들어댔다.

결국 성화에 못 이겨 툴툴거리며 문을 열었다. 그날따라 똑 닮은 얼굴을 한 남편과 아이가 함박웃음을 지으며 밤하늘을 가리켰다. 손끝을 따라 올려다본 밤하늘엔 유난히도 큰 보름달이 두둥실 떠 있었다. 내가 제일 좋아하는 달이었다.

그제야 남편과 아이를 따라 야외 자쿠지의 따뜻한 물에 발을 담가보았다. 거기서 올려다본 밤하늘은 꿈처럼 아름다웠다. 한옥집 처마 밑으로 커다란 보름달이 걸려 있었다. 구름 한 점 없이 맑은 밤하늘엔 서울에선 좀처럼 보지 못하는 작은 별들이 반짝였다. 처마 끝에 달린 풍경이 가끔씩 달랑였다.

가만히 눈을 감고 늦가을의 선선한 밤바람을 느껴 보았다. 바람이 기분 좋게 온몸에 감겨들어 내 볼을 어루만졌다. 그렇게 셋이서 어깨를 맞댄 채로 한동안 말없이 달을 바라보았다. 하루 종일 쉴 새 없이 재잘대던 아이도 그 순간만큼은 조용했다. 고요한 침묵 속에서 나라는 사람이 사라졌다. 분주히 흐르던 시간도 거짓말처럼 멈춰버렸다.

우리는 하나가 되어 오롯이 그 순간에만 존재했다. 아무런 해도 끼치지 않은 채 풍경의 일부가 되었다. 갑자기 살아있다는 게 경이롭게 느껴졌다. "아, 행복하다"라고 말하자 남편과 아이도 환하게 웃으며 따라 외쳤다.

"아, 행복하다!"

시간이 흐르고 여행을 돌아보니 다른 건 다 잊었어도 그 순간만큼은 선명하게 기억났다. 그 짧은 순간에 어쩌면 우리는 영원에 가닿은 건지도 모르겠다. 시간을 초월하여 영원처럼 느껴지는 어떤 순간들은 죽을 때까지 잊히지 않는다. 심리학자들은 이런 경험에 여러 이름을 붙여왔다. 미하이 칙센트미하이는 '몰입(flow)'이라 불렀고, 매슬로우는 '절정 경험(peak experience)'이라 불렀다. 어떻게 부르건 결국 같은 경험이다. '아, 내가 살아 있구나'라는 환희를 느끼게 되는 아름다운 경험 말이다.

이런 경험을 하나하나 엮어서 목걸이로 만든다면 거기에 감히 '행복한 삶'이란 이름을 붙일 수 있을 것이다. 사실 이런 순간들은 너무나 소소하고 사소해서 그냥 지나쳐버리기 쉽다. 아이의 배냇머리를 처음으로 잘라주고 함께 예쁜 주머니에 넣던 순간이나, 저녁 무렵 흘러나오는 음악에 맞춰 온 가족이 춤을 추며 깔깔대던 순간처럼 말이다.

어떤 사람에겐 의미 없어 보일 순간이지만 내게는 영원에 가닿은 듯 아름다운 순간. 이런 순간은 오늘 당장 여기서도 발견할 수 있다. 자꾸만 분주해지는 마음을 내려놓고 무엇이 진짜로 내게 소중한 것인지 느껴보기만 한다면 말이다.

벚꽃이 지는 장면을 떠올려본다. 꽃이 지는 건 한순간이라지만 하늘하늘 춤추며 떨어지는 벚꽃 잎을 보고 있으면 시간이 멈춰버린 것 같을 때가 있다. 행복도 마찬가지다. 스치는 순간을 붙잡아 충분히 음미하면 천천히 온몸으로 행복이 퍼져나간다.

그 순간, 내 마음에도 행복이라는 꽃잎이 떨어진다.
하나,
둘,
셋.

결국엔 사랑

그해 겨울은 유난히도 추웠다. 아빠가 입원해 계신 대학병원에 갈 때면 매서운 겨울바람을 정면으로 맞으며 다리를 건너야 했다. 몸이 추운 건지 마음이 추운 건지 알 수 없어서 다리를 지날 때마다 서럽게 울었다.

다리 끝에 선 대학병원은 생과 사의 경계에 있는 견고한 콘크리트 성이었다. 그 성 안에선 죽음이 일상적으로 일어났다. 옆 침대에 있던 사람이 하루아침에 돌아가시기도 했다. 병원 입구에 설 때마다 잽싸게 눈물을 훔쳤다. 입꼬리를 올려 웃는 연습을 해본 다음 일부러 더 힘차게 병실에 들어섰다. 아빠에게만큼은 눈물을 보이고 싶지 않았다.

아빠는 점점 기운이 없어졌다. 살이 쏙 빠지고 입술이 바짝 말랐다. 그 좋아하던 음식도 통 드시질 못했다. 쉴 새 없이 기침을 했는데 잔기침 한 번에도 온몸이 심하게 흔들렸다. 그때마다 몸 여기저기에 꽂힌 관들이 함께 흔들렸다. 잘 때도 기침 때문에 편히 누워 주무시질 못했다. 앉은 채로 뜬 눈으로 지새우다가 쓰러지듯 베개에 기대 선잠을 자는 게 고작이었다.

병실의 간호사 선생님들은 참 친절했다. 눈코 뜰 새 없이 바쁜데도 혈압을 재고 병실을 돌 때면 아빠의 눈을 다정하게 들여다보며 꼭 안부를 물었다.

아빠는 순한 아기처럼 그들의 관심을 감사히 받아들였다. 아무리 어린 간호사 선생님이라도 함부로 대하지 않고 존경심을 담아 대답했다. 오히려 "간호사 선생님이 잠도 못 자 피곤하시겠다"며 걱정하기도 했다. 환자와 간호사를 넘어 인간 대 인간으로서 서로를 존중하고 있다는 느낌이었다.

하루는 엄마가 내게 소곤거렸다.

"어젯밤에도 아빠가 잠을 통 못 주무시는데 한 간호사

선생님이 아빠 혈압을 재러 온 거야. 평소에도 참 잘해주시는 분인데 아빠 옆에 앉아 걱정을 해주다가 갑자기 아빠를 붙잡고 울더라고. 이렇게 힘들어서 어떻게 하냐고. 제가 도와드리지 못해 죄송하다고."

이야기를 하던 엄마도 울고 듣고 있던 나도 울었다. 누군지도 모를 환자의 고통을 위해 함께 울어주었다는 그 간호사 선생님이 사무치게 고마웠다.

아빠는 간호사 선생님이 엎드려 우는 동안 오히려 등을 토닥이며 위로를 해주었다고 한다. 하지만 어쩌면 아빠도 그 눈물에서 크게 위로받았을 거라는 생각이 들었다. 홀로 마주한 죽음의 두려움을 잠시나마 누군가 공감해주는 느낌이 아니었을까. 그 간호사 선생님은 가족도 못해주는 위로를 해주었다.

아빠가 결국 치료를 포기하고 퇴원하던 날, 그 간호사 선생님에게 케이크를 사다드렸다. 말간 얼굴이 앳되어 보이는 신참 간호사 선생님이었다. 지금도 가끔 그 간호사 선생님이 생각난다. 환자 한 사람 한 사람에게 그리 마음을 쏟으면 힘들 텐데 잘하고 계실까 걱정되기도 하고, 이제는 어엿한 선배 간호사 선생님이 되었겠지 하며 상상해보기도 한다.

살면서 낯선 타인에게서 뜻하지 않은 위로를 받는 순간
이 있다. 전혀 기대하지 않은 위로에 꽁꽁 얼어붙었던 마음
도 녹아내린다. 처음엔 세상에 이렇게 좋은 사람도 있구나
생각하다가, 사는 게 그리 퍽퍽하지만은 않구나 싶다가, 나
도 잘 살아봐야 겠다 다짐하게 된다.

그렇게 스쳐간 소중한 인연들을 돌아본다. 남자도 있었
고, 여자도 있었고, 아이도 있었고, 어른도 있었다. 한국인
도 있었고 외국인도 있었다. 세상 어디에나 그런 사람은
있었다.

어떤 때에 그 사람은 의사 선생님이었다. 당시 나는 꽤
큰 수술을 앞두고 검사 결과를 기다리고 있었다. 긴장된 얼
굴로 진료실에 들어갔는데 검사 결과를 들여다보던 교수
님이 내 쪽으로 얼굴을 돌리시더니 인자한 얼굴로 그때까
지 누구도 해준 적 없던 따뜻한 위로를 건넸다.

"그동안 얼마나 고생이 많으셨어요. 이제 다 괜찮아질
겁니다. 걱정 마세요."

딱 세 마디였는데 그 말이 내게는 엄청난 힘이 되었다. 모든 근심걱정이 사라지고 나도 이겨낼 수 있겠다는 용기가 솟아났다. 덕분에 수술을 잘 받아서 오늘까지 건강하게 살고 있다.

또 어떤 때에 그 사람은 구둣방 아저씨였다. 회사에 힘든 일이 많아서 몸도 마음도 너덜너덜해진 어느 날, 집 앞의 구둣방을 찾았다. 그날 처음 본 아저씨는 내 구두를 붙잡고 오래 살피더니 구두에 붙은 먼지를 꼼꼼히 떨어내고 곳곳에 난 생채기에 일일이 본드칠을 해서 가죽을 붙여주셨다. 그저 구두 굽만 갈아달라고 한 거였는데 정성껏 땜질을 마치고는 윤이 나게 닦아주기까지 하셨다. 그 손길이 어찌나 다정한지 한참을 멍하니 바라보았다. 덕분에 거칠어진 내 마음도 여기저기 땜질을 받은 듯 매끄러워졌다.

돌려받은 구두는 새 구두 같았다. 하지만 아저씨는 내가 얹어 드리려는 수선비를 한사코 마다하셨다.

"아니에요. 신발이 너무 험해져 있어서 내가 하고 싶어서 한 거예요. 신발을 보면 주인 마음이 보인대요. 아가씨도 이 신발 신고 다시 힘차게 걸어요."

그냥 스쳐지나갈 타인인 줄 알면서도 기꺼이 사랑을 보내주는 사람들이 있다. 그 사랑이 내게는 오늘을 이겨내고 내일을 버텨낼 용기를 주었다. '나도 사랑받을 만한 가치가 있는 사람인가 보다' 라는 생각이 들어서 다시 나를 사랑해볼 의지가 생겼다. 이제는 얼굴도 이름도 잊어버렸지만 그들이 해준 말만큼은 오래오래 기억에 남아 있다.

식상한 말일지 몰라도 사랑으로 한 모든 일들은 분명 우리를 살린다. 《죽음의 수용소에서》라는 책을 쓴 빅터 프랭클은 나치 수용소 생활에서 살아남은 경험을 바탕으로 '의미 치료'를 만들었다.

그는 "'내가 삶에 바라는 것은 무엇인가?'를 묻는 대신 '삶이 내게 바라는 것은 무엇인가'를 물을 수 있는 '코페르니쿠스적' 전환이 필요하다"고 말한다. 우리 삶 자체는 질문일 뿐, 질문에 답할 책임은 우리들 각자에게 있다는 뜻이다. 삶의 의미에 대한 질문에 답하려면 살아서 끝까지 내 삶에 책임을 져야 한다.

내가 대답할 말은 이미 생각해두었다. 그것은 '사랑'이다. 사는 동안 더 많이 사랑하고 사랑받을 것이다. 나를 사

랑하고 내 곁의 사람들을 사랑하고 어쩌면 한 번도 보지
못한 누군가까지 기어이 사랑할 것이다. 삶이 내게 마지막
까지 가져갈 수 있도록 허락한 유일한 것이 사랑이기 때문
이다.

감사의 말

○

요즘 사람들은 긴 글을 잘 읽지 않는 것 같다.
서점에서 집어 든 책들도 모두 짧은 글로만 되어 있다.
책보다는 사진이나 영상이 더 익숙한 세대라 그런가 보다.
이 긴 글을 끝까지 읽어준 당신이 그래서 더 고맙다.

솔직히 처음엔 나를 위한 글이었다.
외롭고 불안했던 어린 시절의 나에게 들려주고 싶은
말들을 썼다.
먼저 세상을 떠난 동생에게 미처 하지 못한 말도 있었다.

그런데 점점 얼굴도 모르는 독자를 떠올리게 되었다.
어쩌면 나와 동생을 닮았을 당신에게, 내 이야기를
들려주고 싶어졌다.
내 이야기를 듣는다고 해서
켜켜이 쌓인 당신의 슬픔이 가벼워지진 않을 것이다.

내가 찾은 정답이 당신의 정답이 될 수도 없을 것이다.

그래도,

적어도,

당신의 손을 잡아줄 순 있겠지, 라고 생각했다.

쉽게 위로하지 않고

섣불리 해답을 주지도 않고,

우리는 제 슬픔의 무게만큼 깊어지고 단단해질 테니

힘들어도 함께 한 발씩 떼보자고 이야기하고 싶었다.

그렇게 나를 돌보는 날들이 하루하루 쌓일 때마다

딱 그만큼 나를 사랑하게 된다고 말해주고 싶었다.

글을 쓰는 내내 참 많이 울고 웃었다.

힘들지만 행복한 시간이었다.

당신도 이 책을 읽는 어느 순간에 그랬다면 좋겠다.

2024년 봄

고유

이 책에 인용된 작품들

실뱅 쇼메 감독, 〈마담 프루스트의 비밀정원〉, 2013

진민영 저, 《내향인입니다》, 책읽는 고양이, 2018

일자 샌드 저, 《나의 수치심에게》, 타인의사유, 2021

이경미 감독, 〈미쓰 홍당무〉, 2008

키키 키린 저, 《키키 키린(그녀가 남긴 120가지 말)》, 도서출판 항해, 2019

임경선 작가 인터뷰, 〈월간 채널예스〉 2021년 3월호

김진만·김대진 연출, 진수완 극본, 〈킬미 힐미〉, MBC, 2015

함께성장인문학연구원 저, 《스타벅스에서 철학 한 잔》, 달의뒤편, 2019

요시타케 신스케 저, 《이게 정말 마음일까》, 주니어김영사, 2020

올리비에 르모 저, 《자발적 고독》, 돌베개, 2019

고영건 저, 《멘탈 휘트니스 긍정심리 프로그램》, 학지사, 2012

〈오은영의 금쪽 상담소〉, 채널A, 2021~

모로토미 요시히코 저, 《인정 욕구 버리기》, RHK, 2023

J.M.바스콘셀로스 저, 《나의 라임 오렌지나무》, 동녘, 2010

마이클 화이트 저, 《이야기 치료의 지도》, 학지사, 2010

진고로호 저, 《엄마가 물고기를 낳았어》, 이후진프레스, 2022

조훈현 저, 《조훈현, 고수의 생각법》, 인플루엔셜, 2015

조셉 캠벨·빌 모이어스 저, 《신화의 힘》, 21세기북스, 2020

칼릴 지브란 저, 《예언자》, 더클래식, 2018

빅터 프랭클 저, 《빅터 프랭클의 죽음의 수용소에서》, 청아출판사, 2020

빅터 프랭클 저, 〈그럼에도 삶에 '예'라고 답할 때〉, 청아출판사, 2020

아파도 아프다고 말하지 못하는 당신에게

우리는 누군가의
사랑받는 아이였다

초판 1쇄 인쇄 2024년 4월 9일
초판 1쇄 발행 2024년 4월 30일

지은이 고유
펴낸이 김선식, 이주화

기획편집 박혜연
콘텐츠 개발팀 김찬양, 이동현, 임지연
디자인 날마다작업실

펴낸곳 ㈜클랩북스 **출판등록** 2022년 5월 12일 제2022-000129호
주소 서울시 마포구 어울마당로3길 5, 201호
전화 02-332-5246 **팩스** 0504-255-5246
이메일 clab22@clabbooks.com
인스타그램 instagram.com/clabbooks
페이스북 facebook.com/clabbooks

ISBN 979-11-93941-02-7 (03810)

㈜클랩북스는 독자 여러분의 책에 관한 아이디어와 원고 투고를 기다리고 있습니다.
책 출간을 원하시는 분은 이메일 clab22@clabbooks.com으로 간단한 개요와 취지, 연락처 등을 보내주세요.
'지혜가 되는 이야기의 시작, 클랩북스'와 함께 꿈을 이루세요.